한말숙 작품에 나타난 타자 윤리학

한말숙론

지은이 이덕화(李德和, Lee DukHwa)는 연세대학교 졸업하고 동대학원에서 문학박사학위를 받았다. 현재 평택대학교 교수로 재직하고 있다. 서울지방법원 조정위원과 '문학바다', '소설 가협회' 편집위원이다. 여성문학학회, 한국문학연구학회 회장을 역임했다. 저서로는 연구서 『김남천 연구』, 『박경리, 최명희, 두 여성적 글쓰기』, 『여성문학에 나타난 근대체험과 타자 의식』이 있고, 공저 『페미니즘과 소설비평』 근대편·현대편, 『페미니즘은 휴머니즘이다』가 있으며, 소설집 『집짓는 여자』, 『달의 딸들』, 『은밀한 테러』, 『블랙 레인』이 있다.

한말숙 작품에 나타난 타자 윤리학 - 한말숙론

초판 인쇄 2012년 4월 10일 **초판 발행** 2012년 4월 15일
지은이 이덕화 **기획** 여성문학학회 **펴낸이** 박성모 **펴낸곳** 소명출판 **출판등록** 제13-522호
주소 서울시 서초구 서초동 1621-18 란빌딩 1층
전화 02-585-7840 **팩스** 02-585-7848 **전자우편** somyong@korea.com **홈페이지** www.somyong.co.kr

값 13,000원
ISBN 978-89-5626-693-0 94810
ISBN 978-89-5626-691-6 (세트)

『신화의 단애』를 쓸 무렵 서재에서, 1957년

▲ 1960년 12월 펄벅 여사 방한 때. 왼쪽부터 한무숙, 펄벅, 한말숙

▶ 1964년 4월 단편 '흔적'으로 제9회 '현대문학상' 수상

▼ 1972년 11월 일본 교토에서 열린 일본학 세미나에 참석. 서양인은 이후 1984년 『아름다운 영가』를 최초로 동구권에 소개한 미코우아이 멜라노비츠 박사

1974년 8월 소설가이자 친언니 한무숙 자택에서

1999년 문화훈장 보관장 수훈. 남편 황병기와

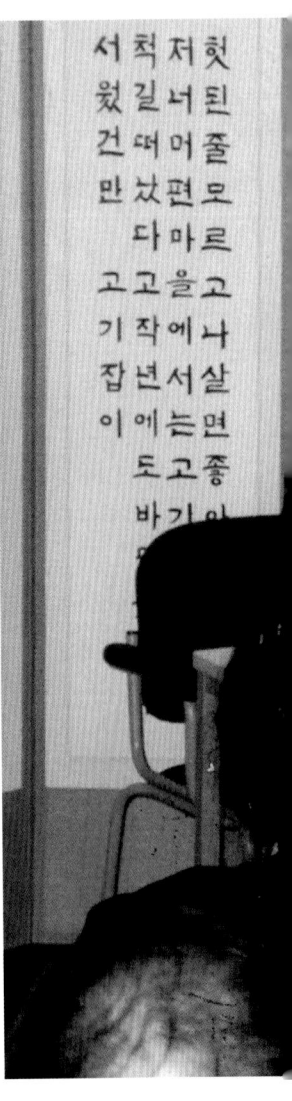

2004년 11월 베를린 소설 낭독회. 오른쪽은 스위스대학의 엘레오노라 프레이 여사

| 여성작가연구총서_05_한말숙론 |

한말숙 작품에 나타난 타자 윤리학

The Other Moral Philosopy in HAN MAL SUK' Works

이덕화

소명출판

봉인된 편지

여성작가 연구의 문턱에서 그간 많은 연구자들은 꽤 오랫동안 망실어왔다. 그 이유를 연구자 개인의 겸손이나 수줍음으로 돌릴 수만은 없을 듯 보인다. 왜냐하면 우리는 이미 서술할 만한 가치가 있음직한 '유일한 역사'로 국가, 민족, 계급, 이념 등과 관련한 가치의 체계를 존중하는 데 익숙해 있으며, 이때 여성 혹은 여성성은 역사의 대표적인 표상이 되지 못하는 주변인에 불과하기 때문이다. 이는 사적인 삶을 통해 세계의 변화를 포착하는 문학의 경우에도 예외는 아니다. 여성은 역사의 주역 혹은 공적인 인물이 되지 못하기 때문에 연구자들에게 여성작가나 여성문학은 미지 혹은 기억조차 의심스러울 만큼 흐릿한 존재로 남아 있다. 공교롭게도 대부분의 선집이 대체로 학계의 권위 있는 학자들, 대부분 남성 교수들에 의해 편찬되고 있다는 점은 '정전(canon)'을 만드는 과정에서 젠더의 권력관계가 개입해 있는 것은 아닌지 의혹을 품게 한다. 왜냐하면 여성작가들의 작품은 냉엄하고 재능

있는 문학사가의 검시대에서 날렵한 해부의 대상이 된 적조차 없이 '기타 등등'으로 등록되어 버렸기 때문이다.

그러므로 야심 있는 연구자들에게 여성작가는 기피의 대상이 될 수밖에 없었다. 남성은 물론이고 여성연구자들 역시 자신을 학자로 정체화하는 학위논문 작성 과정에서부터 여성작가를 부재처리 하는(혹은 '왕따'시키는) 가부장적 학계의 풍토와 불가피하게 '공모'해 왔을 가능성이 높다. 여성작가를 연구한다는 것은 학계에서의 자신의 위치뿐 아니라 취업 등 여러 측면에서 지속적으로 불이익을 안겨줄 것이기 때문이다. 이렇듯 여러 가지 이유들로 여성작가는 연구 대상에서 가장 먼저 배제되는 불명예의 목록에 포함되고 만다. 이 모든 일이 특별히 예민하고 과도하게 까탈스러운 이의 피해의식이 아님은 박사학위논문의 목록만 살펴보아야 알 수 있다. 페미니즘의 시대라 불린 90년대 이후에도 여성작가 혹은 여성문학은 주요한 의제가 되지 못했다.

그런데 기실 여성작가 혹은 여성문학은 저주받고 금지된 어두운 장소가 아니라 근대성, 부르주아 사회, 개인의 발견, 사생활의 탄생, 시민사회, 친밀한 감정의 세계, 육체와 욕망, 일상성 등 근대의 멘탈리티를 깊이 있게 규명하기 위해 환한 빛 속에 개방되지 않으면 안 되는 이름이다. 여성작가들은 해방 이후 근대 국가 재건의 열망이 본격화되면서 마치 오래도록 갈증에 허덕인 사람들인 양 무수히 많은 기록들을 남겼다. 이는 해방과 한국전쟁을 거치면서 문단의 재건 과정에서 다양한 공모제도가 등장하고 이에 따라 여성작가들이 등단 기회를 얻었다는 사실과 관련된 현상으로만 단순 처리될 수 없다. 모더니티를 젠더와 관련해 읽는 일은 우리에게 그다지 익숙하기 않지만, 공사 영역이 분리되고 여성이 사생활 혁명을 주도할 전담자가 되면서 근대가 시작된다는 점을 떠올려 본다면 여성들은 모더니티의 진정한 주인공이라 할 만하다. 이러한 판단을 증명하듯 여성작가들은 새로운 혁명의 파도를 맞아 때로 그것에 적극 환호하면서 혹은 회의를 표명하면서 근대성의 새로운 역사를 쓰는 데 주도적인 역할을 해왔다. 그녀들은 비록 주류 문단에서는 그다지 환영받지 못했지만 신문과 잡지 등 근대적 공론장에서 활발한 창작활동으로 대중들과 소통하며 근대성을 협상해왔다. 그러므로 해방 이후부터 현재에 이르는 여성 작가들이 남긴 글들은 우리 역사의 의미심장한 경험에 대한 유의미한 증언 혹은 기록이라 할 수 있다.

본 총서는 오래 전부터 기획되었지만 진행은 다소 더디게 이루어져왔다. 무엇보다 여성작가와 관련된 기록을 찾는 일은 쉽지 않았다. 그녀들은 놀라우리만치 많은 글들을 썼지만 온전히 기록이 남아있는 경우는 드물었다. 심지어 작가 연보마저 불확실한 경우도 많았다. 우리가 확인해 본 결과 작가 연보에는 귀중한 작품들이 빠져 있었고, 연보에는 있지만 실제로 작품이 남아있지 않은 경우도 많았다. 여성작가의 글쓰기를 어떻게 보아야 하는가라는 관점을 결정하는 문제도 우리의 작업을 더디게 만들었다. 성별 권위주의 풍토 하에서 오래도록 공부하고 학위를 받아온 우리 자신에게조차 여성작가들의 글은 도전이었다. 우리들 역시 그녀들의 글쓰기를 '여류' 혹은 '규수'라는 성차별적 지칭으로 묶어 독창성이나 진정성이 부족한 것으로 치부해온 관행에 익숙해 있기 때문이다. 우리는 때로 너무 일찍 도착한 고독한 선각자 같고, 때로는 살아남기 위해 자신의 여성성을 적극적으로 연기하는 듯한 여성작가들의 진실이 무엇인지 알아차리기 쉽지 않았다. 아마도 우리의 연구서는 이 혼란을 완전하게 극복한 결과가 아니라 혼돈과 분열이 만들어 낸 수많은 물음들에 대한 최소한의 답변이라 할 수 있을 것이다.

'여성작가총서'의 첫 권이 세상에 나오기까지 무려 오 년의 시간이 걸렸다. 첫 번째로 우리는 여성작가총서의 기획 목적에 걸맞은 작가를 선정하는 일부터 시작해야 했다. 먼저 해방 전에 활동한 1세대 여성 작가에 대한 연구는 양적으로 어느 정도 축적되어 있는 데 비해 해방 이후부터 특히 5~60년대는 여성문학 연구의 불모지라는 점, 더 중요하게는 여성문학 연구에 방법론적 기원을 제공한다는 점에 주목해 해방 이후부터 1990년대에 이르기까지 한국 여성문학사의 계보를 보여줄 수 있는 30인을 선발했다. 누가 페미니스트 작가인가보다 동시대 여성들의 근대 체험을 문제적으로 다루었다고 판단되는 작가들을 중심으로 선정했다. 그런 후 여성작가들이 남긴 작품들을 길고 지루한 잠에서 깨워 줄 연구자들을 찾기 시작했다. 앞서도 말했듯이 해방 이후부터 60년대까지의 여성작가의 작품들은 거의 연구된 바 없어, 우여곡절 끝에 어렵사리 연구자를 섭외했다. 지금은 각자 사는 일이 바빠 중단되었지만 같이 공부하면서 연구해가자는 취지로 매달 한 번씩 연구발표회를 가져 연구의 완성도도 높이고자 했다. 첫 책이 나오기까지 편집위원들은 많은 수고를 아끼지 않았다. 이들은 서로의 원고를 읽고 논평해주는 것으로 같은 길을 걸어가는 사람으로서의 소임을 다했다. '여성작가연구총서'에는 여러 사람들의 정성과 열정이 듬뿍 배어있다.

때로는 외부의 장벽과 고투하면서 또 다른 한편으로는 소위 여성연구자라는 우리 자신의 정체성에 대해 성찰하면서 매달려온 '여성작가연구총서'를 이제야 세상에 내보낸다. 우리의 연구서와 함께 오래도록 갇혀있었던 말들이 튀어나와 싱싱한 언어의 잔치가 벌어지기 바란다. 독자 여러분께서 여성작가들의 존재를 세상에 드러내려는 우리들의 시도에 동참해주기 바란다.

한국여성문학학회 여성작가연구총서 편집위원회

자연 순환의 원리에 기댄 보편선의 문제

지난 여름, 서울의 집중 호우와 장기간의 지긋지긋한 장마는 지구의 멸망을 예시하는 듯해서 심리적으로 마음이 편치 않았다. 날씨로 인한 심리적 불편함을 느끼기는 아마 평생 처음인 것 같았다. 그러나 가을이 들어서자, 장기간의 포근한 햇볕 세례, 그에 따른 각종의 단풍이 온 세상을 물들였고, 가는 곳마다 가을 축제가 기다렸다. 이것이 바로 칸트가 말한 자연 존재자의 합목적성인가?

자연은 얼마나 공평한가! 〈도가니〉로 부글부글 끓는 요즈음, 또 오늘 신문에 어느 도시에서 집단적으로 지적 장애아 2급 여중생을 상습적으로 성폭행한 사건을 기사화했다. 또 FTA 날치기 통과, 국회 회의장에 체루탄 터뜨리기, 우리 사회는 최소한의 인간 존중과 보편선에 대한 개념이 실종된 사회인가? 대통령 이명박의 내곡동 사건이 아무 의식 없이 한 일인데 그것이 문제가 되고 보니, 죄가 되듯이, 조직의 통치자들이나 권력자들은 대부분 사이코패스자들인가? 조직원들은 그 자신으로 인해 많은 불편과 삶의 의욕을 잃고 살아가는데, 자신이 무엇을 잘못했는지 알지 못한다. 총체적인 사이코패스자들의 집단 사회! 요즈음, 신문을 볼 때마다 절망하다 못해 밥맛조차 잃는다.

이번 본인이 집필한 한말숙 역시 1993년부터 현재까지 유일하게 여성작가로는 노벨문학상 후보로 선정되었음에도, 한말숙을 제대로 연구한 논문 한 편 없다. 이것은 남성 연구자들 중심으로 이루어 온 평단계가 얼마나 여성작가들을 소외시키고 있나를 보여주는 단적인 예이다. 한말숙은 단편 60여 편과 장편 여섯 편(이 중에서 세 편은 저자의 마음에 들지 않는다는 이유로 버렸다. 주석 2 참조) 정도의 작품으로 노벨문학상 후보에 오르기도 했으며, 2009년에는 늦게 예술원 회원이 되었다. 그러나 국문학계나 평단계는 한말숙에 대해 냉담하다. 한말숙 본인의 생각으로는 적은 양의 작품이라도 성심을 다해 좋은 작품을 썼고, 그에 상응하는 상을 받았다고 생각할 것이다. 양쪽의 거리는 어디에서 오는 것일까. 그것은 학계가 잘못되었거나, 예술원 회원을 뽑아 주는 예술원 회원 전체가 잘못되었거나, 예술원 회원을 뽑는 제도 자체가 잘못되었을 것이다. 이것은 앞으로 한말숙의 문학 평가로 인해 확인이 될 것이라 생각한다.

이 글을 시작하면서 한말숙과는 많은 통화를 했다. 자료의 확인에서부터, 일상적인 대화까지. 그러면서 느낀 것은 자신의 문학에 대한 긍지가 대단하다는 것이다. 작품에서 보여준 정체성의 혼란과는 전혀 다른 것이었다. 그것은 한말숙이 한창 작품을 많이 쓰던 50년대 말과 60년대 초, 또 여성이 능력을 발휘하는 오늘날의 차이에서 오는 것일까. 남성들이나 여성들도 과도한 자기 비하나 또 자기 자만은 흔히 열등감의 소산이라 생각한다. 지금까지 열등감의 원인을 개인의 성격적 요인으로 생각해 왔다. 그러나 최근에 와서는 자신감이나 열등감도 사회가 개인에게 만들어 준 억압에 의해서 형성된 것이라는 생각이 든다. 특히 우리 민족성은 '사촌이 논을 사면 배가 아프다'는 속담처럼 남이 잘되는 꼴을 못 본다. 지금 우리 사회의 모든 문제가 어쩌면 거기에 문제의 뿌리가 있을지 모른다. 능력있고 잘나가는 사람을 넉넉히 품고 안고 갈 큰 사람들이 없기 때문이다. 그러기에 서울대 출신의 집안 배경이 좋은 한말숙에 대한 그 동안의 냉대가 이해할 만하다.

평상시 문단에서 한말숙과는 익히 잘 알고 있는 사이지만, 이번 집필 당사자가 한말숙이 된 것은 극히 우연이었다. 연구자 한 사람씩 작가를 배정했는데 본인한테 한말숙이 배정된 것이다. 그래서 기본 자료 요청이 용이했고, 선생님께서는 또 많은 도움을 주었다. 그것도 연구자 입장에서는 행운이라면 행운이었다. 집필의 어려움 중에 하나는 자료 구하기이다. 이 점 감사하게 생각한다. 선생님 역시 이 책의 출판을 오랫동안 인내로 기다리고 계실 것이라 생각된다. 일일이 설명하기 힘들어 전화를 드리지 못하면 오히려 전화를 해주셔서 여쭙는다. 미안하고 송구스럽다. 이번 책에서는 하나의 주제 아래 분석하다 보니, 한말숙의 다른 좋은 작품들이 제외되었다. 또 책의 분량이 제한되어 있기에 모든 작품을 다룰 수 없었다. 이 점이 아쉬웠다면 아쉬웠다.

2011.11. 용이동 연구실에서

차례

여성작가연구총서 머리말_ 봉인된 편지 / 3

책머리에_ 자연 순환의 원리에 기댄 보편선의 문제 / 8

제1장 서론 15

  1. 서술 의도 15

  2. 한말숙과 타자 윤리학 22

  3. 현재진행형의 작가 32

제2장 단편소설의 타자 윤리학과 서술기법

  1. 「별빛 속의 계절」과 「신화의 단애」 47
     1) 1950년대 작가와 타자 윤리학 47
     2) 근대성과 타자 윤리학 51
     3) 「신화의 단애」를 둘러 싼 '실존주의' 논의 전개 양상 58
     4) '아프레 걸'과 타자 윤리학 66
     5) 「별빛 속의 계절」과 「신화의 단애」의 소설 기법 71

  2. 소재의 변화를 통해서 본 타자 윤리학 77
     1) 타자에 대한 윤리적 책임과 시선의 문제 81
     2) 가족적 친밀성과 타자 윤리학 109

제3장 장편소설에 나타난 타자 윤리학

1. 장편소설과 타자 윤리학   133

2. 『하얀 도정』을 통해서 본 여성정체성   137
   1) 주변인으로서의 자기 정체성의 형성 배경   139
   2) 자아 이상형의 추구   145
   3) 자기 나르시시즘적 이상, 대타자   149
   4) 현실 논리로 인한 이중분열   154

3. 『모색 시대』를 통해서 본 타자 윤리학   161
   1) 가족 로망스의 꿈   161
   2) 『모색 시대』를 통해서 본 현실 인식   165
   3) '治之의道'와 타자 윤리학   169

4. 『아름다운 靈歌』에 나타난 타자 윤리학   171
   1) 다양한 삶의 존재 양식과 죽음   175
   2) 죽음과 타자 윤리학   190
   3) 경계 허물기   194

제4장 결론_ 한말숙의 타자 껴안기   199

주석   205

참고문헌   215

작품 목록   218

제1장

서론

1. 서술 의도

연구자나 비평가는 한 작가의 작품을 다양한 의도로 읽을 수 있을 것이다. 그러나 그 작가를 가장 잘 들여다 볼 수 있는 하나의 틀을 찾는 것이 중요할 것이다. 소설분석은 특정 작가 의식이 어떤 소설적 장치를 통해서 드러내는가의 분석이라 할 수 있다. 여기서 소설에 드러난 어떤 의식은 작가가 작품을 쓴 의도이다. 한 작가의 대부분의 작품을 총괄하는 작가 의식은 작가의 세계관 혹은 철학관으로 드러난다. 작가론을 쓴다는 것은 작가의 전 작품을 하나로 꿰뚫을 수 있는 작가의식을 찾아내는 것이고, 두 번째는 그런 작가의식을 드러내기 위한 장치로서 작가는 어떤 문학적 기법들을 사용하고 있는가를 분석해야 하는 것이다.

연구자는 한말숙의 초기 작품 「별빛 속의 계절」, 「신화의 단애」에서부터 마지막 장편 『아름다운 靈歌』까지 걸쳐서 나타나는 작가 의식을 타자 의식[1]으로 보았다. 그래서 한말숙의 작품에서 나타난 타자 윤리학은 구체적으로 어떤 것이며, 작품 속에 어떻게 형상화되었는가를 분석하려고 한다. 그리고 그런 작가의식을 드러내기 위해 작가는 어떤 소설적 장치를 사용하고 있나를 분석할 것이다.

한말숙은 여성 작가 중 제일 먼저 국제 펜클럽 한국본부에서 『아름다운 靈歌』로 1993년 노벨문학상 후보로 추천된 작가이다. 또 그 작품은 9개 국어로 번역되어 여러 나라에서 읽힌 작품이다. 또 한말숙의 등단 추천 작품인 「별빛 속의 계절」(1956)과 「신화의 단애」(1957)는 발표되자마자 당대의 가장 관심거리였던 '아프레 걸' '실존주의 사상'을 소재로 했다는 것으로 논란의 대상이 된 작품들이다. 1959년 발표작 「장마」는 1964년 미국 뉴욕의 밴탐(Bantam Books)출판사에서 'Languag of Love'의 책 속에 세계 유명 작가의 작품과 함께 세계 단편 명작으로 수록되어 한국 독자들의 관심을 끈 작품이다.

한편으로는 한말숙은 1957년 「신화의 단애」로 작가가 된 지 50년이 되었지만, 단편 60여 편과 장편 6편[2]에 불과한 극히 작품 활동이 저조한 작가이다. 그러나 이런 저조한 작품 발표로 다른 작가들 같으면 작가로서의 명맥을 겨우 유지하는 것으로 끝이 났을 터인데도 아직도 유명 출판사에서 출판을 하고[3] 드디어 2009년에 예술원 회원이 되기도 했다. 또 지금도 잡지사의 인터뷰 요청 및 신문과 방송에서도 관심을 받는 현재진행중인 작가이다.[4]

그런 한말숙의 작품들을 제대로 평가하기 위해서는 작가의식과 문학 장치라는 이중적인 분석틀이 필요하다고 생각, 연구자는 한말숙의 전체 작품에서 드러나는 작가의식인 타자 윤리학과 작품의 서술전략, 양 측면에서 분석하려고 한다.

타자 윤리학에 대해서는 레비나스의 철학을 분석의 토대로 삼았다. 레비나스는 윤리학의 중요한 목표는 사아 중심의 가치철학에 있는 것이 아니라 타인 중심적인 타자윤리를 실천하는 것에 있음을 역설한 유태인 철학자이다. 즉 타인의 얼굴은 신과 우주의 얼굴이며 사회의 얼굴이며 바로 나의 얼굴이다,라는 것이다.[5] 레비나스 뿐만 아니라 파농도 인간은 그 자신의 존재를 타인을 통해 승인받고자 노출한다는 것이다. 그 자신이 타인에 의해 효과적으로 승인받지 못하는 한 그 자신의 행동을 주관하는 주체는 타인이 된다는 것이다. 인간이 그 자신의 인간적 가치와 실체를 의탁하는 대상은 바로 타자라는 존재이고 타자의 승인이기 때문이다. 그런 타자를 통해 그 자신의 삶도 하나의 의미로 응축된다는 것이다.[6] 장자 역시 '나'란 단지 비어있는 형식, 타자들이 묵고 돌아가는 여인숙과 같은 곳에 지나지 않는다고 했다.[7]

이 책에서 타자의 개념은 내 안의 타자나 바깥의 타자를 통해서 자신의 존재 유지를 위해 욕구 충족시키는 일을 중단시키고 주체의 존재를 초월해 타자를 염려의 대상으로 삼는 모든 대상을 타자로 지칭하기로 한다. 또 우리가 지각하고 있는 현실적인 세계가 아니라 불가시적 세계의 선험적 타자라도 우리의 삶에 영향을 미쳐 주체에게 영향을 미치는 경우, 타자로 설정한다.

레비나스 뿐만 아니라 들뢰즈도 주체의 시간의식은 타자의 개입을 통해서 비로소 발생한다는 점을 명시하고 있다.[8] 들뢰즈는 타자는 우리 인식에 있어서 산만한 지각들을 조직해 하나의 대상으로 구성하고 시간화를 가능케 할 뿐 아니라, 더 근본적으로는 남녀의 성분화(性分化)를 포함한 세계 질서 전체의 조직에 관여한다고 했다.

'나의 욕망은 타자를 통해서만 활동하며 타자를 통해서만 대상을 포착한다'[9]는 레비나스의 말처럼 타자 없이는 어떤 것도 욕망할 수 없다는 그 타자의 개입은 주체의 탄생을 예고하는 것이다. 그런 의미에서 이 책에서의 타자는 주체를 탄생시키고 변화시키는 모든 것을 지칭한다. 들뢰즈나 레비나스에게 타자란 '가능 세계의 표현'이며 '무한자가 현시하는 지평'이다.

레비나스의 타자 철학은 한말숙의 작품 속에 나타나는 의식과 일맥상통하는 것이다. 한말숙의 타자 윤리학이 가장 잘 드러나는 작품은 『아름다운 靈歌』[10]이다. 이 작품 속에서 초점 인물 진영이나 오 현도사는 어린 아이 석규를 통해서 끊임없이 자기 성찰을 하는 인물들이다. 그런 자기 성찰을 통해서 의식이 자기 동일성으로 회귀하는 것이 아니라 세계로의 확대, 타자와의 관계를 확장한다. 타자와의 관계 확장은 레비나스가 말하는 '이기적인 나 자신을 떠나서 신에게 받은 사랑을 실천하라는 명령'[11]을 실천하는 타자 윤리학을 보여주는 것이다.

대부분의 한말숙의 작품에서 '타자'는 소설 소재로 사용된다. 그러나 '타자'[12]에 대한 직접적 언급은 없다. 그러나 「어느 소설가의 이야기」[13]에서는 메타픽션 형식을 띤 소설 형식으로 작가의 경험적 자아가 직접 등장, 타자에 대한 입장을 구체적으로 제시하고 있다. 작가의 분신이면서 서술적 화자인 한 여사와 초점인물 A여사로 지칭되는 두 사람은 '가난과 사랑의 순례'라는 제목으로 서로 소외 계층에 관한 이야기를 나눈다. 한 여사의 가난은 국가가 대책을 세워야지 일개인이 도운다고 해결될 문제가 아니라는 입장에 대해, A여사는 인간이 타인에 대한 동정심이 없으면 동물과 다를 바가 없다는 입장을 가지고 있다. 작가의 경험적 자이인 한 여사와 A여사의 대화를 통해 보자면 타자에 대한 인간적인 동정에는 한계가 있지만 그렇다고 불우한 처지에 있는 인간에 대해 냉정할 수만은 없는 작가의 태도를 함께 보여주고 있다. 이런 관점은 레비나스의 타자에 대한 책임감으로 표현된다.

본질적으로 타자에 대한 책임감은 자신의 의지에 따른 선택이 아니라 자신의 근본적인 본성에 의해 외부세계에 자신을 개방하는 행위다. 타인에 대한 전시는 외연성이며 근접성이며 이웃에 의한 사로잡힘 즉 본의 아니게 사로잡히는 것, 말하자면 아픔이다. 즉 전적으로 타자에게 전시되는 주체의 본성은 본의 아니게 타자로 향하는 것에 있고 이런 타자성을 주체의 사유와 행위를 결정하여 존재의 가장 원초적인 것을 구성한다.[14]

레비니스가 말하는 타자에 대한 책임감은 이 작품에서 A여사의 타자에 대한 책임감과도 같은 것이다. A여사는 어느 날 조간 신문 사회면에서 어느 지진아가 선생님께 맞고 친구 간에 웃음거리가 되어 모욕과 좌절감을 견디다 못해 자살한 기사를 읽는다. 이 기사를 읽은 A여사는 두뇌가 받은 충격으로 그녀의 눈시울이 뜨거워지고 손끝이 저린 경험을 하게 된다. A 여사의 이런 반응이 레비나스가 이야기하는 본의 아니게 이웃에게 사로잡힘, 아픔인 것이다. 지진아는 레비나스가 말하는 모든 것이 박탈된 궁핍한 '얼굴', 고통받는 얼굴의 모습으로 A여사에게 각인된다. 고통받는 지진아의 얼굴은 A여사에게 '나를 잊지말라'고 명령한다. A여사의 힘을 무력화시키고 A여사에게 명령하는 지진아의 얼굴은 규정 불능의 무한자, 곧 신이다.

이 작품은 한말숙의 타자 윤리학을 그대로 보여주는 작품이다. 한말숙의 각 작품마다 나타나는 타자 윤리학은 조금씩 미묘한 차이를 보이지만 전체적으로 타자에 관한 의식은 거의 모든 작품에서 다 드러난다. 각 개별 작품마다의 타자 윤리학에서 각 작품의 작가의 의도 또한 중요하다. 『아름다운 靈歌』같이 전체적으로 타자 윤리학에 초점을 맞춘 서사는 연구의 초점을 타자 윤리학에 맞췄지만 부분적으로만 타자 윤리학이 드러나는 작품은 작가의 또 다른 의도를 읽어 내려는 노력 또한 중요하다고 생각, 작품 전체 구조 분석을 하였다. 한말숙의 작품 중 타자 윤리학과 관련이 없는 작품은 이번 이 작업에서 제외시켰다.

한말숙에게 타자는 작가 자신을 포함한 가족 간의 소외, 계층 간의 소외, 경제적 빈곤에 의한 소외, 스스로에 의한 소외, 다양한 소외를 의미한다. 한말숙에게 타자는 정치적 경제적 차별의 대상이기도 하지만, 심리적 소외의 대상이기도 하다.

여성작가로서 한말숙은 자신 역시 주변인으로 정체화한다. 그것은 한말숙의 최초의 장편『하얀도정』에서 여성은 학창 시대 때와는 달리 현실 속에서의 소외를 통하여 자신을 주변인으로 정체화할 수밖에 없음을 잘 보여주고 있다. 그러나『하얀도정』에서도 초기 단편소설에서 보여주는 것처럼 주변인 '타자'에 대한 시선은 냉혹했고, 객관적이었다. 그것은 단지 주변인 '타자'가 소설의 소재의 의미만을 가지고 있었기 때문이다. 이 때까지만 해도 한말숙이 결혼 전으로 자신의 직접적 체험을 통해서 소외의식을 경험하지 못한 상태였다. 그래서 주체와 객체의 상호 소통이 일어나지 않았다. 반면 자신의 실제 소외를 통한 경험에 의해서 자신을 주변인으로 정체화하면서 주변인 '타자'에 대한 시선은 좀 더 '타자'의 입장을 이해하려는 따뜻한 시선으로 변화된다.

2. 한말숙과 타자 윤리학

　문학 양식 중 특히 소설은 구체적인 일상 속에 투영되어 있는 작가의 신념을 반영하는 양식이다. 구체적인 디테일 속에서 드러나는 삶의 의미를 다룸으로써, 그 삶의 양식에 의해서 규정되는 작가의 사회적 신념과 가치들을 반영할 수밖에 없다. 일상생활을 지배하는 관습적 행위는 정당한 것으로 인정받을 수 있는 중요한 척도가 된다. 이 때 관습적이면서 집단화된 행위의 정당성 문제는 사회적 신념이나 가치의 문제와 곧바로 연결된다. 사회 대다수의 구성원이 집단적으로 행하고 있는 관습적 행위들이란 바로 실천적 도식들이 개인 주체들로 하여금 행하는 행동이 무엇인가를 주입하는 내면화 과정이라고 할 수 있다.[15]

　근대 자본주의 발달과 함께 대두한 남성 / 여성, 공적 / 사적인 남녀의 역할분담은 여성들에게 모성애, 현모양처를 강조해 왔다. 가정의 정서적 분위기 창출을 위해 여성을 가정에 묶어두려는 남성들의 노력은 여성들에게 과도한 현모양처 역할을 기대해 왔다. 이로 인해 현대여성들은 자기실현과 현모양처의 역할 사이에서 정체성의 혼란을 겪고 있다.

　한말숙이 작품 활동을 시작한 1950년대 이후 소설 작품의 여성 주인공들은 주부로서, 안방마님으로서 다양한 가부장적 억압에 도전하지만, 결국 자기 정체성을 현모양처에 두고 운명적이고 체넘적인 현실 순응적인 삶을 그려나간다. 그들은 현실 순응적인 삶 속에서, 낭만적 환상을 통하여 현실적 돌파구를 찾는다.

1950, 60년대 여성작가의 대부분, 임옥인, 손소희, 강신재, 한무숙, 정연희, 박경리조차 낭만적 사랑을 주요 소재로 작품화하고 있는 것은 시대적 배경과 함께 나혜석, 김명순, 김일엽과 같은 1세대 선배 문인들의 전철을 밟고 싶지 않은 소망도 무의식속에 내재되어 있었다. 어느 시대를 막론하고 여성작가들이 낭만적 사랑에 집착하는 것은 여성들의 정체성과 관련이 있다. 여성들은 가정에서나 사회에서 한 인격적 개체로서보다는 소모품화 되어 소외를 경험하는 동안 자신의 정체성에 심한 혼란을 느낀다. 그럴 때 비인격적 개체인 자기의 존엄성을 인정받을 수 있는 길은 낭만적 사랑을 통해서이다. 그러나 1950, 60년대의 낭만적 사랑에의 집착은 오히려 위기의식에서 오는 자기 확인 혹은 불안 해소의 의미도 크다. 그러나 한말숙은 1950, 60년대 다른 여성작가들과는 달리 낭만적 사랑을 소재로 작품화하지 않는다.

그 당시는 박경리, 한무숙 등을 위시해 여학교를 졸업한 여성작가들이 많았다. 대학을 졸업한 작가들을 보기 드문 시기였다. 거기다, 한말숙처럼 서울대학 출신 작가는 희귀종이었다. 한말숙의 거기에 대한 자만심은 소설 창작에서 다른 여성작가들과의 차별화로 나타난다. 그것은 사회에서 소외된 자에 대한 관심을 작품 속에 구현하는 것이었다. 두 번째는 여성의 일상적인 주변적 삶을 작품의 소재로 하지 않는 것이다. 즉 작품 활동의 초반부

1960년대까지 한말숙이 자신의 작품에 대한 자긍심은 낭만적 사랑을 소재로 하지 않았다는 것과 또 자신의 주변의 일상을 소재로 하지 않았다는 것이다. 한말숙은 그 당시 경제적으로나 정서적으로 소외된 자를 문학적 소재로 끌어 내 주변인들에 대한 관심이 작품의 주요 소재가 되었다.

낭만적 사람과 작가 주변의 일상적 소재는 대부분의 여성작가들의 단골 메뉴였다. 한말숙이 이 두 가지 소재를 거부했다는 것은 자신은 여성작가라는 미명하에 작품을 쓰고 싶지 않다는 것을 무의식중에 드러낸 것이다. 한말숙의 자서전적인 삶과 더불어 문학을 해석하자면, 한말숙은 1962년 결혼해서 자녀들을 양육하기 전에는 자신의 정체성을 남성과 똑같은 자기 이상적 실현에 뜻을 두고 있다. 그 이상적 실현을 작품활동을 통하여 실현하는 것이었고, 작품의 소재는 주변인들에 대한 관심으로 드러난다.

여성 정체성 문제를 다룬 첫 장편 『하얀 도정』은 여성으로서의 한말숙의 인생 여정을 그대로 드러내 보인 작품이다. 여성의 불확실한 미래를 통하여 보여주는 여성 정체성의 혼란 속에서 새로운 정체성 확립하기, 가부장적 세계 속에서 남성과 함께 동등한 자격으로 살아간다는 것의 불가능을 현실을 통해서 인식, 자신의 대타자 찾기, 다시 되돌아가기의 반복 과정을 통해서 여성들이 왜 현실에 안주할 수밖에 없나를 구성의 치밀함을 통해서 보여준다.

한말숙은 작품 활동의 초창기는 『하얀 도정』에서 보여준 것처럼 남성과 똑같은 자기실현을 향한 도전 기간이다. 한말숙의 이

상적 실현의 한 부분이 여러 수필에서 언급한 것은 천재 작가로
서의 소망이었다. 한말숙의 이런 소망은 친정에서 유래 된 것이
었다. 시댁이 누가 식성이 좋으며 건강한가를 중요시했다면 친
정은 누구 자식이 수재이고 누가 천재인가를 주로 화제에 많이
올렸다는 것이다. 그러니 한말숙은 자신이 천재 작가가 되고 싶
은 소망을 자연스럽게 가지게 되었을 것이다.

> 나는 천재라는 것에 너무 주려서 어떻든 한번 보고 싶다. 그리하여
> 눈을 씻고 싶고, 귀도 한번 싹 씻고 싶고, 한번 무릎을 치며 감탄해 보
> 고 싶다. 한번 감동에 떨며 흐느껴 보고 싶다. 너무 너무 그러고 싶어
> 학수고대한다. 구세주를 그렇게 고대하는 사람도 많은데, 나는 예술의
> 천재를 고대한다.[16]

한말숙의 이런 의식은 자연 기존 여성작가와 다른 서술 전략을
가지게 되었을 것이다. 한말숙의 데뷔작 「별빛 속의 계절」이나
「신화의 단애」의 주인공은 그 당시 경제적으로나 정서적으로 소
외된 고아를 소재로 쓴 작품들이다. 그 작품들을 발표했을 당시
문단의 반응은 충격적이었다.

「별빛 속의 계절」의 여주인공은 전쟁 이후 전쟁 부산물이랄 수
있는 전쟁고아면서 양공주다. 전쟁으로 인해 사회 전체의 붕괴와
그로 인한 가부장적 관습의 파괴는 그 당시 많은 아프레 걸을 양
산했다. 특히 가부장적 이데올로기를 양산하는 가족 속에 예속되

지 않은 양공주의 특징은 바로 현대 여성이 필요로 하는 특징들이었고, 그 당시 지속적으로 논의되던 현대적 특징을 가진 주체적인 여인상 '아프레 걸'의 특징을 그대로 보여주는 인물이다.

「신화의 단애」 역시 그 당시 작품의 주요 소재였던 실존의 문제를 소재로 한 작품이다. 「별빛 속의 계절」이나 「신화의 단애」의 주인공들은 그 당시 전쟁이 낳은 고아들이었다. 하루 하루 끼니와 잠자리조차 해결할 수 없는 극한 상황 속에서 비참하게 살아가는 타자들이다. 이 작품을 통하여 작가는 전쟁 후의 상황 속에서 시대적 산물로 빚어진 타자들을 통해 작가는 기존의 윤리적 가치를 새로운 시대적 이념, 주체적인 인격으로서 자유의 세계를 누리는 인물을 새롭게 조명하고자 했다. 전쟁 직후의 현실적 상황은 모든 것을 새롭게 시작해야 한다는 시대적 명제를 가지고 있었다. 그것은 시대적 관습이나 옛 이념에 매이지 않는 새로운 윤리관이었다. 주체적인 윤리관을 가진 자유를 누리는 인물이 필요했다. 「별빛 속의 계절」의 경자나 영식, 「신화의 단애」의 진영이 바로 그런 인물이다.

한말숙은 국가적 혹은 시대적 상흔을 통해서 윤리적 주체로 거듭난다. 전쟁 중에도 초콜렛을 그리워하고, 부산 피난을 가서도 자신이 가지고 놀던 인형을 못 잊어 하던 자신의 삶[17]을 향유하는 이기적 주체를 떠나 시대적 상흔으로 떠밀려 난 타자들을 통해 윤리적 주체로 거듭난다. 시대적 폭력에 의해서 떠밀려난 타자들의 호소는 바로 한말숙의 트라우마가 되었고, 그 타자들의 상처가 바로 자신의 상처가 된다. 한말숙이 이런 타자들의 상처들을 끌어않을 수밖에 없는 것은 바로 자신의 '상처 받기 쉬운 감성'[18] 때문이었다. 고통 받는 타자로 인하여 상처받은 감성은 더 이상 향유를 통해 한말숙 자신의 욕구를 만족시키는 기능을 하지 못하게 한다.

한말숙은 여성 작가들이 흔히 작가 주변의 일상사를 그린다든가 주변 인물을 작중 인물로 설정하는 사소설적인 경향을 과감히 탈피, 그 당대의 시대적 상황에 의해서 어쩔 수 없이 타자로 밀려난 인물을 주인공으로 설정, 냉혹할 정도의 객관성을 가지고 묘사했다. 또 한말숙은 우리나라 작가들에게 부족한 장, 단편에 대한 철저한 인식 아래 소설적 역량을 발휘한 작가이기도 했다.

등단 이후 한말숙은 58년 59년에는 일 년에 6편 씩 발표하는 왕성한 창작욕을 보인다. 그리고 이어 장편 『하얀 도정』을 연재하기도 한다. 1962년 결혼을 계기로 작품 발표는 일 년에 많게는 3편, 적게는 1편씩 꾸준히 85년까지 발표한다. 그러나 그 이후 소강상태에 빠진다. 한말숙의 이런 창작욕의 변화 과정은 『하얀 도정』의 서사 과정에서도 그대로 드러난다.

주인공 인옥의 남자 친구들이 열심히 살아가는 태도에 감동, 자신도 남성들을 따라 열심히 살려고 하나 사회는 여성을 소모품화, 사물화 시킨다. 이에 심리적 상처를 맛본다. 사회적 폭력으로부터 상처를 받은 인옥은 또 다른 타자의 호소에 귀를 기울인다. 한말숙 역시 자신의 야심작, 몇 편의 단편을 발표했지만 가부장

의식을 가진 남성 비평가들에 의해 폄하되고 왜곡을 통해서 심리적 상처를 실제로 체험했다.

1962년 결혼을 계기로 창작 활동에 대한 태도가 달라지기 시작한다. 그동안 여성작가들과 차별성을 위해 소재화하지 않았던 작가 주변의 일상이나, 여성의 정체성의 문제를 작품의 소재로 설정, 작품을 형상화하기 시작한다. 또 그동안 보여줬던 야망에 찬 창작 생활과 반대의 태도를 보인다.

> 자신은 생활을 즐기며 살고 싶다. 자신은 내 남편의 아내, 내 아이들
> 의 어머니, 내 친구들의 친구, 내 이웃들의 이웃으로 충분히 만족하며,
> 꼭 소설을 써야만 인생이냐[19]

한말숙의 이런 태도에는 복합적 요인이 작용했을 것이다. 『하얀 도정』으로 미루어 보건대 한말숙은 남성들과 동등하다고 착각하고 지냈던 대학 시절을 지나 사회생활을 시작하면서 부딪치는 남성 우월사회에서 오는 자신의 소외를 점차 경험하게 된다. 그 이후 자서전적인 작품, 『모색 시대』「신과의 약속」 등에서 나타나는 결혼 생활에서의 자기 소외는 더욱더 심각해진다. 그 당대가 여성에게 요구하는 지배적인 이데올로기는 현모양처였다. 여성 작가 중에 가장 문학적 성취를 이루었다는 박경리 역시 자신의 불행, 전쟁 때 남편과 아들을 잃고 생계를 책임지지 않으면 안 되었기 때문에 그녀는 글을 쓸 수밖에 없었다고 고백한 적이

있다. 자신이 행복했으면 글을 쓰지 않았다고 했다. 그 당대의 행복이란 무엇인가. '완전 가족 로망스'이다.

결혼은 행복을 보장해주는 '완전한 가족'[20]에 대한 판타지를 실현하기 위한 출입구이다. 그러나 결혼 그 자체만은 '완전한 가족'의 필요충분조건은 아니다. 그림 같은 집과, 행주치마를 두른 부인과 토끼 같은 자녀들이 함께 갖추어져야만 '완전한 가족'의 꿈을 이룰 수 있는 것이다. 여성들은 누구나 자기실현보다 '완전한 가족'의 꿈을 이루는 것이 더 큰 행복이라는 판타지를 가지고 있다. 그러기 때문에 그런 행복이 주어진다면 자아실현쯤이야 하고 아무렇지 않게 도망 갈 준비가 되어있다.

한말숙의 『하얀 도정』의 도입부와 마지막 부분에 드러난 꿈은 바로 여성들의 이런 무의식을 반영해주고 있다. 꿈 속에 나타난 '하얀 길'은 자신이 가고 싶지도 않고 자신이 걸어오던 길도 아니었다. 아무 의식 없이 묵묵히 걸어가야 하는 길이다. 앞도 뒤도 뿌연 안개만이 자욱한 길이다. 그렇게 앞도 뒤도 보이지 않은 길을 여성들은 가야하기 때문에 그 길을 택해 뚜벅뚜벅 걸어야만 하는 것이다.

한말숙은 결혼 이후 창작 활동에 대해 질문하는 기자들이나 작가들에게 무색할 정도로 자신은 언제나 작품 창작 같은 것은 버릴 준비가 되어 있는 사람처럼 말한다. 17년 동안 작품 활동을 중단했다. 2002년에 「덜레스 공항을 떠나며」를 시작으로 작품 활동을 재개한 이후 지속적으로 작품 활동을 할 것이냐는 질문에 한말숙은 자신의 딸의 이야기를 인용하며 답변을 한다. 딸이 다니는 대학원 교수가 한말숙의 딸이 그 자리에 있는 줄도 모르고, 한말숙 작품은 읽지 않는 것이 좋다고 했는데 꼭 작품을 쓸 필요가 있느냐고 답변한다.

참으로 잘난 여성은 직업과 가정의 일을 다 해내는 여성일 것이다. 퀴리 부인이나 마거릿 대처 수상이나, 간디 수상 정도일까, 그쯤 못되면 차라리 평범한 어머니가 훨씬 훌륭하다고 생각한다. 소위 평범해서 못난 어머니, 못난 여성이라고 생각하는 그들이야말로 가족을 위해서 헌신하는 정말 존경받을 만한 존재다.[21]

한말숙의 최고나 천재에 대한 의식은 결국 그 당시의 남성 위주의 사회에서 여성들이 최고가 된다는 것은 불가능하다는 것을 인식하게 된다. 주변인을 위한 자신의 타자 철학은 자녀를 위한, 혹은 가족에게 적용하는 것이 여건상 옳다고 생각하였을 것이다. 그 당시의 시대 상황으로는 헌신하는 어머니야 말로 '훌륭한 어머니'라는 현모양처 철학에 영향을 받지 않았나하는 생각이 든다.

한말숙은 데뷔한 1957년 이후 1985년까지 매해 2∼3편의 단편과 장편 연재를 계속한다. 1980년 『아름다운 靈歌』의 발표를 정점으로 해서 특정한 소재, 주변인 타자에 대한 소재만을 고집하지 않는다. 일상적 삶 속에서 소외된 자신을 소재로 한 작품이나, 「초콜렛 친구」, 「안개」와 같은 자신의 향락적 삶을 소재로 작품을 형상화하기도 한다. 그러나 1982년에 발표한 「어느 소설가의 이야기」에서 보여준 것처럼 한말숙의 '상처 받기 쉬운 감성'은 여전히 경제적으로나 정치적으로 밀려난 주변인에 대한 관심에 머무르고 있음을 보여준다.

1985년 이후에는 일체의 작품 활동을 하지 않았다. 2002년 『덜레스 공항을 떠나며』를 발표하며 소극적인 작품 활동을 재기한다. 이것은 바로 그 시기가 네 자녀들의 교육에 전념할 시기였기 때문이다. 한창 공부할 자녀들의 정서적 안정과 건강을 위해서 엄마의 역할이 절대적으로 필요한 시기였던 것이다. 수필을 통해서 유추하건대 한말숙은 작가 사제에 연연해하지 않는 작가이다. 이런 한말숙의 의식이 형성되기까지는 그 사회가 여성을 소모품화, 사물화시키는 데서 온 상처가 자리 잡고 있었다. 또 당대의 지배적 이데올로기 '여성의 행복은 가정에 있다' 는 무의식이 작용 했을 것이다. 그렇기 때문에 자녀들의 건강과 정서적 인정을 챙겨야 하는 것이 우선인 시기에 꼭 작품을 쓰는 일로 자신을 괴롭히고 싶지 않았을 것이다. 여성 작가 중에도 자신의 성취욕이 강한 작가는 작품을 쓰지 않는 자체가 스트레스가 되는 작가도 있지만, 한말숙의 경우에는 자녀들에게 신경 써야 할 시기에 자신의 타자 철학을 가족을 위해 헌신하는 길로 선택하였을 것이다. 그렇게 중요하게 생각하지 않는 작품 활동을 그만두는 것이 오히려 자연스러웠을 것이다. 또 타자 철학이라는 것은 꼭 작품 활동을 통해서만 가능한 것이 아니다. 그러기 때문에 자녀들의 교육이 중요한 시기에는 작품 활동이 지지 부진했다.

이것은 그 당대를 살아왔던 한말숙의 상흔 때문이기도 하다. 『하얀 도정』에서 나타난 것처럼, 여성으로서 삶의 열정을 가지고 살아가려고 하지만, 사회로부터의 상처, 가정으로부터의 상처, 그로 인한 자기 소외는 열정 자체를 소멸시키는 사회분위기 때문이기도 하다. 꾸준한 작품 활동을 해 온 박경리나 박완서는 또 다른 상처로 인해 그들이 이 세상을 살아가기 위해서는 작품 활동만이 유일한 길이었기 때문에 가능했다. 그러나 한말숙은 그들과는 다른 유복한 환경 때문에 상처투성이의 몸에 또 다른 상처를 입히고 싶지 않았을 것이다.

3. 현재진행형의 작가

한말숙은 「신화의 단애」가 『현대문학』지에 추천되자 추천 완료 소감에서 '내 작품이 아니라도 좋다. 남의 예술을 읽고, 감동하며 살 수 있으면 된다'라고 썼다. 그것은 한말숙의 현재에도 변함이 없음을 천명하고 있다.[22] 한말숙은 '자신은 생활을 즐기며 살고 싶다. 자신은 내 남편의 아내, 내 아이들의 어머니, 내 친구들의 친구, 내 이웃들의 이웃으로 충분히 만족하며, 꼭 소설을 써야

만 인생이냐며 오히려 반문한다.[23]

이런 한말숙의 의식은 1957년 「신화의 단애」로 추천이 끝나 작가가 된 지 50년이 되었지만, 단편 60여 편과 장편 6편에 불과한 극히 저조한 활동으로 작가 생활을 면면이 이어간다. 이런 결과는 한말숙이 그 분야에서 최고를 지향하는 의식 때문이기도 하다. 위의 한말숙의 말처럼 구태여 감동도 없는 작품을 창작하는 것보다 감동적인 다른 사람의 예술을 감상하는 것이 더 행복하다는 것이다. 한말숙의 이 말은 작가가 되기 위한 작가보다 작품을 통하여 감동을 주는 작가로서의 사명을 강조하고 있다고 생각된다.

그러나 이런 저조한 작품 발표로 다른 작가들 같으면 작가로서의 명맥을 겨우 유지하는 것으로 끝이 났을 터인데도 아직도 유명 출판사에서 출판을 하고 드디어 2009년에 예술원 회원이 되었다. 또 지금도 잡지사의 인터뷰 요청을 받는 현재 진행 중인 작가라는 데 한말숙의 문학의 힘이 있다. 그 힘은 어디에서 오는가. 적은 양의 작품이라도 작품의 미적 완성도에 치중하는 그녀의 철학에 의해서인 것 같다.

한말숙의 작품 행적과 출판 진행을 살피는 것은 바로 한말숙이 왜 항상 현재 진행형의 작가인가를 밝히는 것이 된다.

한말숙은 김동리의 추천으로 1956년 「별빛 속의 계절」과 1957년 「신화의 단애」를 발표함으로 작가가 된다. 이 두 작품은 김동리와 이어령 사이의 실존주의 문학이냐 아니냐를 두고 『경향신문』(1959.5.26~28)에서 며칠 간 토론을 벌인 작품이다.[24] 처음부터

언론의 집중적인 조명을 받고 등단한 한말숙은 문단의 총아가 된다. 실제 한말숙은 1958년 6편, 1959년은 6편씩 작품을 발표한다. 그리고는 연이어 장편 『하얀 도정』을 『현대문학』에 연재하기 시작한다. 또 1960년대 제1창작집 『신화의 단애』가 사상계 간행으로 출판되었다. 1959년 발표작 「장마」가 1960년 서울 사대 교수인 김동성 교수에 의해 영역되었다. 이것은 1964년 미국 뉴욕의 밴탐(Bantam Books)출판사에서 'Languag of Love'의 책 속에 세계 유명 작가의 작품과 함께 수록되었다. 이 시기의 3년간은 한말숙의 문학 일생 중 가장 창작 활동이 활발했던 시기이다.

다음으로는 1961년에 1편, 1962년, 1963년에 각각 3편, 1964년 1편, 1965년 2편, 1966년 3편, 1967년부터는 매해 1편 내지 2편의 소설을 1985년까지 꾸준히 발표하고 중간에 장편소설도 연재했다. 그러나 그 이후 15년 동안 전혀 발표 하지 않다가 2002년 『문학사상』 3월호에 「덜레스 공항을 떠나며」를 발표한다. 2005년 『이준 씨의 경우』를 끝으로 이후 현재까지 작품 발표를 하지 않고 있다. 1963년에는 「흔적」(『세대』, 1963.11)으로 『현대문학』 신인상을 탔다. 1961년 사상계사에서 첫 단편집 『신화의 단애』가 출판된다. 이 창작집은 또 『별빛 속의 계절』이라는 제목으로 1965년 휘문출판사에서 재판된다. 1965년 같은 해에 『이 하늘밑』이라는 제목으로 제2 창작집이 다시 휘문출판사에서 출판된다.

첫 장편집 『하얀 도정』 역시 1964년 휘문출판사에서 첫 출판한 후, 1983년 민중서관, 삼성당 두 출판사에서 다시 출판된다. 『하얀 도정』은 1973년 삼성출판사에서 낸『한국문학전집』, 1984년 삼성당에서 낸『한국문학전집』에 실린다. 「신과의 약속」(『월간중앙』, 1968.8)으로 제1회 한국일보문학상을 수상한다. 1967년 한말숙 제3 창작집이라고 해서『신과의 약속』이 휘문출판사에서 출판된다. 1974년도에 발표된 「여수」(『문학사상』, 1977.4)는 극영화로, 또 KBS 명작으로 만들어 상영되기도 했다. 또 태창출판사에서『여수』라는 제목으로 단편집을 출간했다. 같은 해 1974년 문제작가 신서의 하나로『잃어버린 머풀러』라는 제목으로 서음 출판사에서 다시 창작집이 출판되었다. 이 창작집은 「무너진 성벽」, 「여수」, 「다정의 시말」, 「사랑에 지친 배」를 제외하고 8편의 작품은 대부분, 이전 창작집에 실린 작품들이다.

1981년에『아름다운 靈歌』(『한국문학』, 1979~81.1)의 연재가 끝나자 한국문학사에서 곧바로 출간되고, 1986년 인문당에서 다시 발간되었다가 1994년 삶과꿈에서 중판되었다. 2000년 솔과학에서『아름다운 영혼의 노래』라는 제목으로 다시 출판된다. 이 작품은 영어, 독어, 프랑스어, 이탈리아어, 중국어, 일본어, 폴란드어, 체코어, 스웨덴어 등으로 번역 출간된다. 이 작품은 또 1993년에 한국 국제펜클럽 한국본부에서 노벨문학상 후보로 추천된다. 1987년 장편소설『모색 시대』가 인문당에서 출판되고 1992년 다시 제목을 바꾸어『유혹의 세월』로 출판된다. 제목은 출판사의 제의에 의해서 바꾸었다고 한다.[25]

1994년 일신서적출판사에서『한국남북문학 100선』속에『신

과의 약속』단편집이 선택, 출판되었다. 이 작품집에는 제3 창작
집인『신과의 약속』과는 다른 새로 편집된 선집으로 17편의 작품
이 실려 있다. 제3 창작집『신과의 약속』에서는 총 6편의 작품이
실렸었는데, 이중에서 「아기 오던 날」만 제외시켰을 뿐, 다른 작
품은 그대로 실린 대신 제1 창작집과 제2 창작집에서 고른 10편
의 작품을 첨가시켰다. 2000년 풀빛출판사에서 해외에서 교재로
사용하기 위해『행복』이라는 제목으로 단편집이 한정판으로 다
시 출판되었다. 2008년에 등단 51주년 기념 소설집『덜레스 공항
을 떠나며』를 창작과비평사에서 출판했다. 이 작품집에 실린 대
부분의 작품은 외국어로 번역된 작품들이다.

　우리가 여기서 짚고 넘어 갈 것은 작가로서의 행보가 극히 소
극적임에도 불구하고 한말숙의 작품집은 꾸준히 출판이 되고 출
판사를 바꾸어 혹은 책 제목까지 바꾸어 작품집이 출판되고 해외
에서 번역되고 있다는 것이다. 1993부터 2010년까지 꾸준히『아
름다운 靈歌』는 노벨문학상 후보 추천작으로 천거되기도 했다.
이에 대해 유인순은 국내 평단의 경악과 그 이후의 냉담함에 놀
라움을 금치 못했다.[26] 여기에 대해서는 나중에 분석하기로 하자.

　또 2002년에 한말숙이 「덜레스 공항을 떠나며」를 발표한 후
『동아일보』(3.13일자) 기자와의 인터뷰에서 계속적인 창작활동을
할 것이냐는 질문에 한말숙은 이렇게 답변했다. '자신의 딸이 이
대 국문과 다니던 시절(1980년대) 대학원 스터디 그룹의 한 남학생
이 한말숙의 딸인 줄 모르고, 딸에게 한말숙 작품을 읽지 말라고

했다는 것이다. 그렇게 평가 받는 내가 안 쓰면 어떠냐고 답변했다'고 한다.

이번 연구자는 한말숙에 관한 기존의 작품 연구를 찾다가 유인순이 봉착한 것과 같은 의문에 부딪쳤다. 연구자들이 아직 한말숙이 생존해 있기 때문에 적극적인 연구는 할 수 없다는 점을 감안하더라도 의외의 결과였다. 단행본을 출판 할 때 출판사에서 서평을 부탁한 서평 외에는 거의 연구논문을 찾아 볼 수가 없었다. 겨우 3, 4편 정도에 지나지 않았다. 한말숙이 가장 활발히 작품 활동을 하고 논쟁의 중심에 있었던 1950년대 작가를 다루는 논문 속에도 한말숙의 작품에 관한 언급은 없다. 실존주의와 관련 「신화의 단애」에 대한 언급만이 유일하다.

한말숙의 「신화의 단애」는 실존주의의 논쟁의 중심 작품임에도 1950년대 작품을 논하는 연구자들은 거의 언급을 하지 않고 있다. 1950년대 주요 작가로 손창섭, 장용학, 오상원, 김성한, 서기원, 하근찬, 이호철, 송병수, 강용준, 전광용, 이범선, 정연희, 박경리, 선우휘, 박연희 등의 이름을 거론하면서도 한말숙은 여기서 제외시키고 있다.[27] 한국문학사를 쓴 김윤식 역시 전후 문학을 다루면서 안수길, 황순원, 김동리, 손창섭, 최인훈의 구체적인 문학 특징들을 분석하면서 장용학, 선우휘, 서기원, 하근찬을 함께 다루고 있다. 그러나 한말숙은 물론 여성작가들은 한 명도 거론조차 하지 않았다.[28]

이로 인해 '한말숙 현상'을 제대로 분석하기 위해서는 정밀한 분석이 필요함을 알았다. 그래서 등단 시기의 평을 한번 꼼꼼히 살펴보았다. 한말숙의 평을 맡은 대부분의 비평가는 남성 비평가이고, 그들은 하나 같이 한말숙의 작품을 극찬하고 있다. 1968년 1월에 『현대문학』에서 「한국현대여류작가론」 특집을 다루면서 강신재, 박경리, 한말숙, 김의정, 정연희, 손장순을 다루고 있다. 특집을 쓴 김주연은 한말숙을 박경리나 정연희보다 우위에 두면서 「신화의 단애」나 「노파와 고양이」를 들어 단편 작자로서 역량을 남김없이 보여주고 있다고 지적하고 있다.[29] 공동 필자인 강인숙 역시 「노파와 고양이」를 들어 인생의 한 단면 속에 현실을 압축시키는 일에 성공을 거둔 좋은 예라고 지적하고 있다.

1981년 「장마」를 가지고 작품평을 쓴 염무웅 역시 비슷한 평을 하고 있다.

이 작품은 한말숙의 대표적인 단편의 하나로 알려져 있다. 사태의 요점을 예각적으로 포착하여 간결하게 처리해 나가는 명석한 문장들은 재빠른 장면 이동과 호응되면서 독자들에게 스피디한 경쾌감을 준다. 하고 싶은 얘기 자체가 가지는 의미의 중층적 다양성 때문이 아니라 단편의 조형 능력과 노력의 결여로 인하여 설득력 없는 饒舌的 잡담에 흔히 떨어져 버리는 일부 경향에 비추어 본다면, 단일한 상황을 통한 단일한 효과의 집중적 추구라는 고전적 구성법에 이 작가가 크게 의존하고 있는 것도 우선 호감이 간다.[30]

위의 염무웅의 평과 같이 한말숙의 첫 장편『하얀 도정』을 분석하고 있는 김우종은 한말숙의 작품은 우선 재미있고 유창한 문장과 깔끔한 구성으로 독자를 매료시킨다고 평하고 있다. 그는 그 작품 속에 등장하는 인물들의 성격이 재미있고, 그 상황이 재미있고, 발랄한 문장과 결말에 가서 곤두박질하여 반전하는 사건이 재미있다고 했다.[31]

앞의 비평가들이 지적하는 것은 비슷하다. 깔끔하고 명쾌한 문장, 단편 양식에 단일한 상황을 통한 단일한 효과의 집중적 추구, 이것은 바로 단편 양식과 관련된 논의들이다. 이런 한말숙 문학의 특징은 바로 한말숙 작품들이 왜 그렇게 꾸준히 번역되고 있느냐를 설명해주는 것이다.

한말숙의 작품들이 남성 평론가들에게 각광을 받은 것은 한말숙의 작품의 소재가 다른 여성 작가들에 비해 다양하다는 것이다. 또 다른 여성작가들의 작품이 자신의 주변의 삶을 소재로 하는 주관적 성향이라고 한다면, 한말숙의 작품은 그 당대 사회의 문제를 포착해 작품화한 객관적인 성향의 작품이라는 것 때문이다. 그래서 한말숙의 작품을 읽으면 작품성은 분명히 있지만, 감동은 오지 않는다. 그것은 어떤 대상을 바라 볼 때 '참 좋다'라는 것과 그 대상이 우리의 삶에 영향을 주어서 진한 감동으로 오는 것과는 다르기 때문이다. 또 앞에서 논한 대로 작품의 소재인 주변인 '타자'에 대한 객관적이고 냉혹한 시선 때문이다. 작가 자신이 감정이입이 없는 소재를 작품화하는데 독자가 감동을 받기는 힘들다. 한말숙에 대한 부정적 시선은 이런 초기 작품에 대한 부정적 시선에 의해서 연유된 것이다.

한말숙의 작품이 구성이나 문체, 작품이 주는 묘미, 어떤 면에서 보면 완벽하지만 작품의 소재가 소설을 읽는 많은 독자들과[32]의 삶과 직접적인 연관이 없다보니 큰 감동이 되지는 않는다. 예를 들면 「신화의 단애」, 「별빛 속의 계절」, 「장마」 등의 작품이 큰 감동을 자아내지 못하고 있다.[33] 또 그 당시의 사람들이 한말숙의 냉혹할 정도의 객관적인 문체에 익숙하지 못한 이유로 감정이입이 되지 않은 이유도 있을 것이다. 이런 것들은 우리 민족의 식과 관련된 문학성향과도 관련이 있다고 생각된다. 한말숙의 초기의 냉혹할 정도의 객관적 문체로 쓴 한말숙의 작품들은 평론가들에게 잘 썼다는 평가는 받았지만, 작가가 사라져버린 주체의 상실을 보여줌으로써 독자의 공감대를 형성하지 못한다. 이것은 초기 한말숙이 선택한 소재의 극단적인 상황이 보편적인 독자들과의 삶과 무관하기 때문이다. 한말숙이 자신의 주변의 삶이 아닌 문학 소재로만 선택한 상황일 뿐이라는 것이다. 그러기 때문에 작가 자신은 사라질 수밖에 없다. 또 자신과 무관한 삶이기에 철저할 정도의 냉혹성을 가지고 작품을 쓸 수 있었을 것이다.

반면 1950년대 여성작가를 다루는 작가론에서 김주연은 강신재와 한말숙을 동궤에 두면서, 박경리와 정연희와의 차별화를 시도했다. 한말숙의 대상에 대한 객관적 묘사가 제대로 평가를 받는 것은 바로 김주연으로부터이다.

개성의 발현이라는 점에서의 평가는 이 때 정연희가 훨씬 강하다. 그러나 박경리는 일정한 톤의 반복을 좁은 세계에서 감정적으로 발산하기 때문에, 그리고 정연희는 바로 그 인상을 배제하려는 데서 오는 지나친 주제의식으로 인한 서술의 사변성이 각각 보편적인 현실감을 잃게 하고 있다. 강신재나 한말숙과 같이 묘사에 의존하여 신선한 효과를 얻는 것보다 경험에 의한 탐색으로 거대한 로망을 원한다면 경험의 깊은 육화로써 시선이 폭넓게 확장될 필요가 있다.[34]

위의 인용문에서는 박경리의 주관적 좁은 세계와 정연희의 지나친 주제 의식으로 인한 사변성에 비해 김주연은 한말숙의 객관적 현실의 묘사가 강신재와 함께 신선한 효과를 주고 있다고 강조하고 있다.

김주연에 이어 유인순 역시 한말숙의 작품에 긍정적인 평가를 시도하고 있다. 유인순은 그 동안 한말숙의 작품이 '윤리적이고 사회적 평가라는 잣대로 또는 誤讀에 의해 부당한 평가를 받아왔다'[35]고 전제하고 이것은 어디에서 비롯된 오해인가를 「신화의 단애」의 작품 내부의 요소들의 상호적인 관계를 구조적인 면에서 분석, 새롭게 해석하려는 시도를 하고 있다.[36]

문학계에서는 한말숙의 작품이 많이 번역되는 것이나 노벨 문학상의 수상 대상 작품으로 선정되는 것에 많은 오해를 하고 있는 것이 사실이다.[37] 그런 오해 중에는 한말숙 스스로가 자초 한 것도 있다. 그것은 한말숙의 작가로서의 전문가 의식의 부재가 그런 오해를 불러일으켰을 것이라는 생각이 든다.

지금까지 장편하나와 단편집 둘이 있는데 그 작품들은 모두 일상생
활 하는 여가에 틈틈이 쓴 것이지, 글을 쓰기 위해 볼일을 못 본 적은
없다. 그만큼 문학 생활을 중요시 안한 것이다.[38]

한말숙의 위의 발언은 문학 자체를 여가의 대상으로 여긴다는
것이다. 문학을 최고의 가치라고 생각은 안하지만, 그래도 문학
을 가장 해 볼 만한 일이라고 달려드는 비평가나 창작하는 작가
들에게 한말숙의 위의 발언은 오만하기 이를 데 없다. 이런 발언
을 통해 문단에서 한말숙은 '도도하다' 혹은 '철이 없다'는 말들을
한다.[39] 한말숙 또한 자신의 직설적인 말투로 인한 오해를 의식
하고 있는 듯하다. '자신은 실수가 많아서 노상 반성한다'고 한
다.[40] 이것은 문단에서 한말숙에 대해 냉담하게 대하는 원인이
되기도 한다.

한말숙의 작품은 국문학자들보다 오히려 외국문학 전공자들에
게 각광을 받는다. 「장마」라는 작품이 위에서 서술했지만, 서울 사
대 영문과 김동성 교수에 의해서 번역이 되었고, 1964년 발표작
「이 하늘 밑」이라는 작품이 일어 번역이 되어 1965년 일본 『동화신
문』에 연재되었다. 1968년 서울대 영문과 백낙청 교수에 의해 「행
복」(『현대문학』, 1962.8)이 번역되어 미국 시애틀 KRAB 방송국에서
전문이 모두 낭송된다.[41] 김동성 교수나 백낙청 교수는 한말숙과

는 인연보다는 작품성 때문에 스스로가 번역을 자청한 것이다.

'58년 『사상계』에 발표한 「장마」가 서울 사대 김동성 교수의 번역으로 뉴욕의 반탐 출판사의 세계 단편 선집에 「Flood」라는 제목으로 수록되었었는데, 출판 계약에 서명하기 위해, '60년 6월 하순 일면식도 없는 두 사람이 서로 무슨 옷을 입고 어떻게 생겼다고 전화로 말하고 명동의 '나나' 다방에서 만났는데, 그 기쁨은 잊을 수가 없다.[42]

한말숙이 서울대학을 나왔기 때문에, 서울대 출신의 교수들이 한말숙을 지원하기 위해 한말숙의 작품을 번역한 것으로 오해하고 있는 사람들이 문인과 연구자들 사이에도 많다. 이것은 연구자가 한말숙의 이야기를 꺼내면 으레 듣는 소리였다. 위의 인용문은 바로 그 동안의 문단에서 오해를 불식시키는 중요한 자료이다.

1987년 폴란드 바르샤바 대학 조선어과 오가렛 교수가 단편 「상처」(1966.9)에 이어서 1981년도 출판된 『아름다운 靈歌』도 번역했다. 『아름다운 靈歌』는 영어, 프랑스어, 폴란드어, 체코어, 중국어 등 9개 국어로 번역되어 현지에서 출판되었다. 또 2008년 창작과비평사가 출판한 『덜레스 공항을 떠나며』에 실린 작품의 대부분이 영어로 번역되어 영어판으로 출판 교섭 중이다. 또 한말숙의 단편 「장마(Flood)」는 1964년 뉴욕 반탐출판사 간행 세계명작단편선에 들어있고, 장편 『아름다운 영가』는 프랑스어로 번역되어 유네스코 대표선집에 들어있다.

이런 우리의 문단의 주류를 이루고 있는 국문학계의 반응과 외국문학 전공자의 차이는 그러면 어디에 있는가. 이 문제가 한말숙의 문학을 해석하는 가장 큰 관건이라고 생각된다. 한말숙은 주로 문학 수업을 자신의 집에 소장하고 있는 『세계문학전집』을 통해서 한 것 같다. 한말숙은 중학 2년 때부터 독서를 했는데 일어 번역의 세계문학전집을 탐독했다고 한다. 그러나 고등학교 3학년 때까지 한국 작품은 한 편도 읽은 적이 없다고 한다. 심지어 작가의 언니인 한무숙의 작품도 읽은 적이 없었다고 했다.

내가 13세 때에 처음 읽은 셰익스피어의 〈줄리우스 씨이져〉(이 한편의 희곡이 나를 문학을 좋아하는 인생으로 이끌었다)에 나오는 안토니오와 부루터스의 그 도도히 흐르는 강물과 같은 웅변이며, 〈죄와 벌〉의 라스코리니코프의 고뇌며, 〈부활〉의 네프류도후의 참회, 〈쿠오 봐디스〉의 그 멋진 페트로니우스, 〈이방인〉의 뭘쏘 …… 그 수많은 세계문학 속의 인물들이 내 추억 속에 되살아 난다. 내친 김에 세리자와 코오지료의 〈人間의 運命〉을 또 읽기 시작했다. 30년 전에 처음으로 읽으며 손수건이 아닌 세수수건으로 주인공인 孤兒 모리 지로(森次郎) 대신에 눈물을 닦으면서 읽었던 것처럼 지금도 아예 세수수건을 손에 들고.[43]

위의 인용문은 1995년에 쓴 「명작을 남긴 문인들」의 일부 내용이다. 이 내용 속에는 한국작가의 작품은 한편도 언급되어 있지 않다. 한말숙은 유럽이나 혹은 일본 작가 등의 외국 작가에게는 감동을 받지만, 한국 작가에게는 감동을 받은 작가의 작품이 없다는 것이다. 물론 이 글에서도 한국작가에 관한 언급은 전혀 없다.

이 글을 기초로 한말숙을 분석해 보자면, 한말숙은 한국적 정서보다는 유럽이나 일본 등의 선진국의 정서에 더 공감대를 가지고 있는 것 같다. 아니면, 한말숙의 의식 속에 있는 최고가 아니면 안 된다는 의식으로 인해 우리나라 작가보다는 우리보다 앞선 서양이나 일본 작가에게 더 매력을 느끼게 했을 것이다. 한말숙의 이런 의식은 자연 한국의 전통의식보다는 서구의식을 더 가깝게 느낄 것이고, 작품의 영향도 서구의 작품에 더 큰 영향을 받은 것이라 짐작된다. 그러니까 한말숙은 처음부터 한국 독자를 대상으로 글을 쓴 것이 아니고, 전 세계의 잠재 독자를 대상으로 작품을 썼다고 할 수 있다.

그렇다면 한말숙의 작품 세계는 이런 한말숙의 의식 바탕 아래 이해되어야 한다. 그리고 한말숙의 작품을 두고 일어나고 있는 이런 이율배반적 상황 역시 이것을 기초로 논의가 이루어져야 한다.

제2장

단편소설의 타자 윤리학과 서술기법

1. 「별빛 속의 계절」과 「신화의 단애」

1) 1950년대 작가와 타자 윤리학

1950년대는 우리 민족이 이전에 겪지 못했던 피비린내 나는 전쟁으로 인간의 근원에 대한 성찰, 즉 실존적 고뇌를 불러일으킨 시대였다. 전쟁으로부터 도처에 널려 있는 주검, 그로부터 촉발된 공포 및 위기의식은 무력하게 폭력 앞에 노출된 많은 개인들을 생과 사의 엇갈리는 운명의 포로로 만들었다. 이런 상황으로 인해 1950년대는 '부조리한 상황' 가운데 내던져졌다는 특유의 실존 주의적 분위기에 빠져 들도록 만드는 충분한 토양이 되었다.[44]

남한은 또 한국전쟁을 계기로 전 세계 반공 지도의 중심에 스스로를 배치시켰고[45] 공산화의 위협에 더욱 더 방어적이었다. 해방 직후 1947년 가을부터 시작된 미군정에 의한 대대적인 좌파 축출 이후에도 우리 사회에는 미군정에 대한 부정적인 시각이 팽배했고, 좌파 지식인들이 활개 치는 사회였다. 그러나 전쟁 이후 이런 분위기는 놀라운 변화를 보여주었다. '미국은 한국을 도우며, 미국은 강하며, 미국은 인권을 옹호하며, 또한 우호적이며 진실되다'[46]라는 인식은 한국 전쟁을 통하여 널리 확산되었다. 이러한 인식의 밑바탕에는 전쟁의 경험을 통하여 북한을 새로운 타자로 간주하는 의식이 깔려 있었다.

또 미국식 자유 민주주의에 대한 새로운 인식을 하게 된 것도 바로 전쟁을 통해서이다. 전투에서 승리를 거두는 미군의 직접적인 모습과 한국 전쟁을 전후로 해서 미국이 남한에 지원했던 막대한 원조 물자와 같은 재화의 힘은 미군정의 강력한 파워를 과시했으며, 자유 민주주의에 대한 추상적 이념들을 새롭게 인식하는 계기로 작용했다. 한국전쟁 반발 직후 신속한 참전을 결정했던 미군이나 미군이 주축이 된 유엔군의 이미지는 '친한 벗'이라든가 '자유'라는 수식어와 쉽게 연결되었으며 한국 전쟁과 함께 남한의 대중들 사이에 급속하게 확산되고 있었다. 이와 동시에 미국이 지원하는 막대한 원조 물자에 의한 풍요의 경험은 댄스홀의 퇴폐적 분위기, 유엔 마담, 양공주 등의 팜므파탈 형의 여성들을 등장시켰으며, 이는 전쟁 후의 미망인, 고아, 상이군인 등과의 이미지와 함께 전쟁 후의 1950년대 현실을 해석하는 기표로서 작용한다.

이런 특이한 상황을 토대로 현실을 반영하는 소설은 그 자체만으로도 50년대 특색을 형성했다. 그리고 이들의 소설에 흐르고 있는 대체적 경향은 전쟁이 빚어 놓은 심연과 그 심연에 던져진 인간의 참상들에 대한 것들이었다. 이러한 인간의 참상은 인간을 생각하고 그 인간의 존재를 어떻게 부각시켜 현실에 대응해 나가겠느냐 하는 논리적 체계의 철학서보다도, 그 참상을 통해서 인간으로서 느끼는 비애 그 자체가 중요시되었다. 그것은 그들의 작품의 주인공 대부분이 매춘부, 실직자, 병자, 고아, 소시민 등 사회로부터 유리되거나 거세당하여 무기력하고 낙오되고 힘없는 사람들의 참상을 작품 소재로 선택했다. 전쟁의 참상에 내한 비애가 그들에 대한 책임, 그 자체의 목적으로 환원되었기 때문이다. 그들에 주위를 기울인다는 것은 그들의 무언의 호소에 귀 기울인다는 것이고,[47] 전쟁으로 인한 참상의 비애가 바로 자신의 가족, 자신의 이웃의 비애로 연결되었다.

이것은 전쟁으로 인해 사랑하는 가족을 잃고, 애인, 이웃을 잃음으로써 작가 스스로가 고아, 디아스포라적인 이방인으로 실존적인 고독을 느꼈기 때문이다. 인간은 본래 가지고 있는 선천적인 고독 때문에 타자지향적이라는 레비나스의 주장처럼[48] 그들 속에서 자신들의 존재의 흔적을 보았기 때문이다. 즉 작가들은 그들의 고통 속에서 자신들의 아픔을 느꼈기 때문이다. 이런 아픔은 타자에의 열림으로 나타나고 타자지향성으로 드러난다. 타자는 '나'라는 존재의 흔적과 같이 이미, 존재 자신의 원인이 되면서 '나'의 동일성을 타자적인 것으로 구성하고 있다.[49] 타자의 아픔을 호소함으로써 그들 스스로를 위로 받고자 하는 것이다. 이때 스스로를 위로 받았다고 해도 주체는 타자와의 접촉 이전 관계로 돌아갈 수 없다. 이것은 서양의 동일성의 철학에서 제시하는 자신으로의 환원이 아니라 타자의 낯섦으로 인하여 주체는 세계로 새롭게 열리게 된다.

한말숙의 등단 작품인 「별빛 속의 계절」, 「신화의 단애」 역시 당대의 타자들을 형상화한 작품들이다. 「별빛 속의 계절」에서 고아인 영식과 양공주인 경자는 그 당대의 타자로서 형상화되었다. 그러나 작품에서 실존적 고독자로서의 자신을 새롭게 인식하는 고아인 영식이나, 고혹적인 여성적 미로 남성을 유혹하는 양공주인 경자 역시 위험과 매혹을 동시에 느끼는 근대성을 보여줌으로써 타자를 통한 세계의 확대를 보여준다.

「신화의 단애」의 주인공 진영 역시 그 당대의 타자로서 설정되어 있는 작품이다. 그러나 연구자들이나 평론가들에 의해서 기아와 굶주림에 처한 극한 상황이라는 전제는 무시되고 성적인 윤리적인 문제로 쟁점화 시킴으로써 극한 상황은 무화된다. 이 작품에서 작가는 그 당대의 시대적 부산물이랄 수 있는 타자화된 이런 인물들에 대한 철저한 대상화가 필요했다. 그 인물의 도덕적 윤리 문제보다는 부조리한 상황으로 인해서 철저히 타자화된 인물을 만들고 싶었던 것이다. 이것을 통하여 전쟁으로 인한 참상에 대한 새로운 통찰을 요구하고 있는 것이다.

2) 근대성과 타자 윤리학

「별빛 속의 계절」은 몇 가지 이유에서 문학사적 가치를 지니고 있는 소설이다. 첫 번째는 최초의 우리나라 기지촌 소설이다. 최원식이 송병수의 「쇼리 킴」을 기지촌의 효시라 지칭한 이후,[50] 많은 논자들이 「쇼리 킴」을 기지촌 소설의 효시라고 평가하고 있다. 그러나 「쇼리 킴」은 1957년 7월에 발표한 소설이고, 「별빛 속의 계절」은 1956년 12월에 발표된 한말숙의 최초의 소설이다. 최원식은 1950년대 후반의 기지촌 소설과 관련 다음과 같이 서술하고 있다.

친미반공 이데올로기가 지배했던 50년대의 한국 사회에서는 '민족'이나 '통일'이란 말조차 불온시 되었으니, 미국은 한국의 절대적 구원자로서 미화되었다. 그러나 50년대 후반에 들어서 자유당 독재의 모순이 격화되는 것과 함께 우리 문학은 서서히 사회적 관심을 회복하게 되는데, 미군의 현실적 모습에 접근하는 작업이 태동하기 시작한 것이다. 예컨대 미군부대 주변의 부패한 삶을 리얼하게 묘파한 송병수의 「쇼리 킴」은 대표적 작품이다. 오늘날에도 간단없이 쏟아지는 기지촌 소설의 효시로 기록될 이 작품의 획기적 성격은 물론 뚜렷한 것이지만, 이러한 종류의 소설은 근본적으로 세태 소설을 넘어서기 어렵다는 점 또한 유의해야 한다.[51]

위의 인용문에서 제시한 것처럼 1950년대 전쟁 직후 미군에 대해서 우호적인 시각은 후반에 와서는 자유당 독재의 모순과 함께 미국 물질주의에 대한 경계로 변해간다. 일본 제국주의 시대의 근대화가 서양, 즉 유럽을 중심으로 일어났다면 해방 후는 자연적으로 미국 중심으로 이동되면서 근대화에 대해 양가적인 의식을 보여준다. 반미 의식을 통해서 미국의 물질적인 가치는 매혹적이면서 지향해서는 안 되는 것으로 양가적인 감정으로 드러난다. 반미 의식은 결국 우리의 미풍양속을 해치고, 근대화의 바람을 타고 미국의 물질주의에 편승하는 양공주, 아프레 걸, 팜므 파탈형의 여성에 대한 비판으로 시작된다. 그 결과가 바로 기지촌 소설의 등장이다. 「별빛 속의 계절」처럼 양공주인 경자로 이미지화된 미국적인 가치가 한편 매혹적이면서 한편으로는 퇴폐적인 이중적인 형태로 드러나는 것 역시 반미 의식에 의해서 드러나는 양가적인 감정과 맥을 같이 하는 것이다.

「별빛 속의 계절」의 두 번째 문학적 가치는 우리 전통적인 가족 속에 소속된 개인이 아닌 인간의 개체를 중심으로 한 근대적 인간을 그리고 있는 점이다. 이 작품의 주인공 영식은 부모도 형제도 없는 고아로 이 세상에 홀로 내던져진 존재이다. 영식은 미군 부대의 하우스 보이로 있다 양공주인 경자의 냉소적인 안면운동과 날씬한 몸매, 가느다란 하이얀 팔, 부드러운 음성에 매혹 당한다. 그러나 자신이 모시는 황소 같이 뚱뚱한 캡틴의 동물적인 본능에 무방비 태세의 경자에 화가 난 영식은 횡포를 부리다 하우스 보이의 직업을 잃게 된다. 결국 영식은 미군 부대의 물질적으로 풍부한 생활과는 정반대의 하루 한 끼 먹기도 힘든 생활고 속에 놓이게 된다. 당장 돌아가 잘 곳조차 없다. 영식은 전쟁 이후 고아원 경영이 힘든 상태에서 더 이상 건디지 못하고 고아원에서 나와 그 동안 혼자 잘 버텨왔던 그 때를 떠올린다. 그 동안의 줄기찬 생존력을 생각하고 걱정하지 않기로 한다. 그리고 인간은 별들이 서로의 거리를 지닌 채 살아가듯이 각자 자신의 존엄성을 지니고 살아가야 하다고 자각하다

이 작품에서 영식은 1950년대 후반 미국의 물질주의에 대한 경계로부터 비롯된 새로운 주체적인 인간상으로 설정되었다. 또한 미군 부대의 물질적인 풍요에 대해서도 전전긍긍하지 않고, 경자로 상징되는 매혹적이면서도 퇴폐적인 자본주의의 물신주의에 매몰되지 않는 인물로 그려지고 있다. 바로 인간은 각자의 존엄성을 지키면서 살아야 한다고 자각하는 인물이다. 이 작품의 영식은 다른 1950년대 소설 「오발탄」, 「유실몽」 등의 작품에서 나타난 것처럼 생활 논리와는 괴리된 대책 없는 윤리적 인간과도

다르다. 작품 속에서는 서술되어 있지 않지만 어떤 생활에 부딪치더라도 잘 감당해 나 갈 수 있는 인물로 설정되어 있다. 그런 의미에서 새로운 근대적 인간상이라 할 수 있다. 전쟁으로 인해 정상적 가족이 해체되고 전통적 가부장적 제도가 무너진다. 그로 인해 이 작품의 주인공 영식처럼 개인 실존의 문제를 새롭게 부각시키고 있다.

전쟁은 그 당시 우리민족에게 트라우마로 작용한다. 누군가 대상이 불분명한 즉 표상이 부재한 폭력은 자신의 삶을 향유하는 이기적인 주체에서 윤리적 주체로 다시 태어나게 했다. 또 전쟁 이후 가부장제가 무너지면서 남성적 가치라고 생각한 용기, 힘, 결단력 등을 가진 여성이 생겨나면서 남성을 불안케 하고 자극한다. 전쟁 후의 문학, 휴머니즘, 실존주의 문학이 자신의 삶을 바로 세우기 위한 자기 윤리에 바탕한 것은 바로 전쟁 후의 이런 심리적 바탕이 전제되어 있다. 여전히 남성적 가치가 우세한 사회는 이런 여성을 창녀로 만들어 타자화시킨다. 즉 남성적 가치를 위협하는 위험한 여성, 팜므 파탈형의 여성이 소설 속에 등장하게 된다.

남성작가들의 작품에 등장하는 팜므 파탈형의 여성과 여성작가들의 작품에 등장하는 팜므 파탈형의 여성은 윤리적 관점에서 다르게 다루어진다. 대부분의 남성작가들의 작품 속에서는 단지 미국형 자본주의에 영향을 받은 근대적 물질적 매혹을 가진 여성으로 남성을 파탄에 빠뜨리는 여성으로 그려지고 있다. 반면 여성들의 작품에서는 전쟁이라는 상흔 속에서 모든 것을 잃어버린 주체를 통하여, 개인의 삶을 향락하면서도 관습과 전통에 얽매이지 않는 근대적 주체로서 그려진다. 「별빛 속의 계절」의 경자 역시 비록 양공주지만 주체적인 행동을 하는 근대적 여성으로 묘사되어 있다. 단순히 여성적 애교로 미군을 유혹하는 다른 양공주와는 다르다. 작가는 경자를 통해서 어떤 이유에서건 양공주 노릇은 해도 인간의 존엄성을 잃지 않는 근대적 여성으로 묘사하고 있다. 경자는 여성적인 매력, 날씬한 몸매, 부드러운 음성, 하얀 가느다란 팔 등을 가지고 있으면서 동시에 강렬한 냉소적 미소를 보여주는 여성이다. 여성적인 매력과 냉소적 미소를 통하여 자의식을 함께 가지고 있는 근대적 여성상을 그리고 있다. 또 캡틴 앞에서도 다른 여성처럼 애교로 대하지 않고 당당함으로 대한다.

캡틴이 퇴근했을 때에도, 경자는 예의 안면운동을 던졌을 뿐, 쇼파에서 일어나 그를 맞으려는 기척도 없었다.[52]

이런 경자의 이중성은 캡틴이나 영식을 매혹하는 요소로 작용한다. 근대의 자본주의의 물질성이 매혹과 함정을 함께 지니듯이, 경자의 이 이중적인 매력은 영식에게는 매혹이면서 함정으로 작용한다.

굵직하고 파도치는 머리를 어깨까지 빗어 내리고 경자는 오른발을

왼편 무릎 위에 턱 걸치며 쇼파에 번듯이 드러 누었다. 그리고 콧노래를 불렀다. 요즘 한창인 미국 유행가이었다. 그 부드러운 음성이 영식의 온 몸을 재릿재릿하게 마비시키는 듯 했다.[53]

이 작품에서 경자는 영식이나 캡틴 외에 다른 미군들의 환상 속에 존재하는 '유희적 주체'[54]로 다른 여성들의 부러움의 대상이다. 그러나 이 유희는 불안을 동반한 유희다. 경자의 심연의 내적인 욕망의 차원에서 다뤄져야 할 불안이다. 즉 자기 자신으로부터 떠나는 불안이다. 자기 자신을 떠난 도피는 경자의 본래적인 감성을 떠나 외부적인 감각을 받아들이고 반응하는 경자의 물질적인 조건을 구성한다. 따라서 이런 도피는 이런 감성을 통해 주체가 타자화하는 가능성을 보여주기도 한다.

경자의 타자화는 미국의 가치, 근대적 자본주의의 가치를 함유하고 있는 근대적 인물로 의도적인 형상화로 이루어진다. 부드럽고 나긋나긋하며 몸이 짜릿짜릿할 정도의 매력을 가지고 있는 감각적인 매력은 바로 근대의 매력이다. 경자의 타자화는 자신의 진정한 욕망과는 다른 미국이라는 가치를 부러워하는 근대 여성으로 거듭나게 된다. 경자는 비록 양공주이지만 자기 스스로의 행동을 주체적으로 한다는 점에서는 주체적이지만, 자신의 욕망과는 다른 근대적 미국의 가치를 자신의 것으로 한다는 점에서는 타자화된 인물이다. 그런 의미에서 김동리가 심사평에서 '아프레적인 요소'[55]를 가지고 있다는 1950, 60년대의 아프레 걸이면서, 근대적인 매력과 함정을 동시에 가지고 있다는 의미에서 팜므 파탈형의 여성이라고 할 수 있다.

영식은 경자의 매력을 향유함으로써 자신의 존재를 실감하는 존재다. 경자를 통해서 자신의 동일성, 미군의 타자로서 존재하는 그들만의 관계성을 공유하며 경자를 통해 존재의 정체성을 확인한다. 영식은 자신을 떠나 비록 경자의 거짓 욕망이지만 경자의 세계에 참여함으로써 세계를 새롭게 인식하고 진정한 자아실현을 위해 새로운 개체로서 거듭난다. 영식이 작품의 마지막에서 개체로서 새로운 시작은 레비나스가 지적한 존재란 자신을 버리는 것에 의해 존재하는 것 외엔 아무 것도 아니며 이러한 행위는 단순히 의식의 이탈이 아니라 존재의 초월임을 확인하는 것이다.[56]

이런 아프레 걸은 전통과 관습이 한꺼번에 무너진 전쟁에 의해서 졸속으로 만들어진 시대적 부산물이다. 전통과 관습을 무시함으로써, 경자나 진영과 같은 인물이 탄생할 수 있었으며, 전쟁에 의해서 형성된 미군 물자에 의한 상대적 풍요, 그에 따른 경제적 박탈감, 또 박탈감에 의해서 주체적 의식이 형성되기 때문이다. 이런 작품의 주인공들은 전통과 관습이 파괴된 세계에서 근대의 첨단을 걸으면서, 또 근대에 의해서 타자화된 인물이다.

3) 「신화의 단애」를 둘러 싼 '실존주의' 논의 전개 양상

우리나라에서 제일 먼저 소개된 실존주의 철학은 박치우(朴致祐)의 「불안의 철학자 하이데거」 1~8(『조선일보』, 1935.11.3~11.12)에서 소개되고 있다. 실존 문학은 2차 대전 후, 특히 1950년 전후부터 한국에 본격 도입된다. 사르트르의 「불란서인이 본 미국 작가」(『新文學』, 1946.11), 전창식(田昌植) 역의 「벽」(『新天地』, 1948.10), 양주동의 평론 「사르트르의 실존주의」(『新思潮』, 1949.5), 김명원(金明遠) 역, 카뮈의 「흑사병」(『新京鄉』, 1950.7) 등이 도입 초기에 발표된다.

한국전쟁으로 뜸하다가, 휴전 전후부터 커밋트 렌스의 「알베르 까뮈론」(『사상계』 통권 8, 1953), 사르트르의 「실존주의는 휴머니즘이다」(『사상계』 통권 13, 1954), 양병식(梁秉植)의 「사르트르의 문학적 위치」(『연합신문』, 1953.1.13~15), 정하은(鄭賀恩)의 「문학 이전」(『현대문학』, 1956.3~4), 안병욱(安秉煜)의 「실존주의 계보」(『사상계』 통권 21, 1955) 등 1953년 이후 약 10년간 20여 편의 실존주의 관련 논문이 주로 사상계를 통해서 발표된다.

실존주의를 이 땅에 이식시킨 공로자는 안병욱 · 김붕구 · 조가경 등이었고, 그 내용도 실존주의에 대한 개념은 물론, 실존철학과 동양사상(박종홍), 실존주의와 기독교(김하태), 실존철학과 사회과학(조가경), 실존주의와 정신분석학(이동식), 마르크스주의 교리와 실존적 휴머니즘(김붕구), 휴머니즘과 실존주의(이환) 등 인접 사상과의 관련된 문제점에까지 미쳐 광범위하게 소개된다.
김병익은 1950년대 소설의 흐름을 두 가지로 요약한다.

> 피난지에서 혹은 서울에서 당시 지식인들이 발견할 수 있었던 것은
> 인간의 안팎에 놓인 광활한 '폐허' 뿐이었다. 이 폐허의 群像에 두 개의
> 바람이 불어왔다. 전통적 윤리가 파괴되는 아프레 게르의 퇴폐상과 부
> 조리한 상황 속에서 참담한 비극성을 느끼는 實存主義 (…중략…) 그
> 러나 이 두 개의 바람은 '絶望'이란 하나의 震源에서 생겨난 것이었다.
> 그리하여 50년대 한국인은 찰나적인 들뜬 사람과 가없이 침울한 사람
> 으로 劇化되고, 앞의 도피적인 향락주의는 세태소실로 묘사되며 뒤의
> 침통한 비관주의는 실존주의 소설로 반영된다.[57]

김병익이 지적한 '아프레게르'적인 요소를 가진 도피 향락적인
세태 소설과 실존주의 경향의 소설은 1950년대의 특수 상황, 전
쟁 후의 참혹함으로 인한 부조리 상황 속에서 발생한 문학이다.
소설의 주인공들은 대부분 전쟁의 경험으로 인해 돌연 '환상도
빛도 사라진 우주 안에서 인간은 스스로를 이방인'[58]으로 느끼는
소외의 경험을 통해서 부조리한 상황을 새롭게 인식하게 된다.
신도 이성도 거부하는 무의미의 세계로 몰입한다.

한점돌은 1950년대 실존주의의 대표적인 작품이라 할 수 있는
손창섭의 「비오는 날」, 김동리의 「실존무」, 이범선의 「사망보
류」, 「오발탄」 등의 작품은 극한 상황, 비본래적 자아에 대한 비

판, '실존'이란 용어 사용 등 당대의 유행 사조인 실존주의적 채취를 느끼게 하는 요소들을 가지고 있다. 하지만 존재의 실존 해명이라는 실존주의의 본령에 크게 미달되어 있다. 단지 삶의 전망이 부재한 암담함만을 크게 부각시키는 역할을 하는 데 그치고 있다고 보는 것이 적절할 것이라고 했다.[59] 또 이 작품들은 현상과 본질의 변증법적 관계 속에서 진실을 추구하지 못하고 전망이 막힌 암담한 현상을 현실 자체의 본질로 추상하는 자연주의를 벗어나지 못하고 있다고 비판한다.

다른 연구자들도 1950년대 실존주의적 작품 경향에 대해 대체로 부정적인 평가를 내린다. 1950년대 상황에서 실존주의는 당대 현실에서 개인의 삶에 함몰하는 경향을 사상적으로 뒷받침해 주는 거점으로 작용했을 뿐 문학으로 심오하게 형상화되지는 못했다[60]고 부정적 평가를 내린다. 반면 이정숙은 장용학 소설의 연구를 통해서 '구체적인 실존주의 철학의 본질과는 다소 거리가 있으나 전쟁으로 인해 처하게 된 극한상황에서 실존철학에 공감하면서, 그것과 자신과의 유사성을 도출, 견디기 힘든 시기를 이겨내는 정신적 돌파구로서의 역할을 한데 대해서는 긍정적으로 평가할 만하다'고 했다.[61]

위의 평가와 같이 1950년대의 실존주의 경향을 띤 작품들은 실존주의 철학의 본질과는 다소 거리가 있지만 전쟁으로 인한 극한 상황, 부조리한 상황 속에서 인간에 대한 진지한 성찰을 보여준 점은 높이 살만하다고 할 수 있다. 한말숙의 「별빛 속의 계절」

(『현대문학』, 1956.12)이나 「신화의 단애」(『현대문학』, 1957.6) 역시 이 작품들과 동궤에 있는 작품이다. 한말숙의 「신화의 단애」는 위에서 언급한대로 실존주의의 논쟁의 중심 작품임에도 1950년대 작품을 논하는 연구자들은 거의 언급을 하지 않고 있다.

한말숙은 1956년 12월 「별빛 속의 계절」을 『현대문학』에서 1차 추천받고, 1957년 6월 「신화의 단애」가 2차로 김동리에 의해 추천 받는다. 그 추천사에서 김동리는 '「신화의 단애」는 실존주의로 무장되어 있다'는 추천사를 쓴다. 이로 인해 김동리와 이어령 사이에 실존주의 논쟁이 시작한다.

> 먼젓번의 「별빛 속의 계절」에 엿보이던 아포레적인 요소가 이번에는 실존주의라는 무장을 갖추고 나타났다. 내 자신의 의욕 같아서는 실존주의보다 더 완전한 것을 하라고 권하고 싶으나, 〈완전한 것〉보다 〈자극적인 것〉을 취하고자 하는 젊은이들에게 군이 니의 시짐을 강요하지 않기로 한다.[62]

위의 인용문에서 「신화의 단애」가 '실존주의라는 무장을 갖추고 나타났다'라는 김동리의 글에 대해 이어령은 반박한다. '김동리가 하이데거의 실존이라고 한 '진영'은 娼婦의 그것과 조금도 다름이 없다'고 반발하며 진영은 실존주의 인물과는 상관없는 창부에 지나지 않는 인물이라고 반박했다.[63]

이어령은 이어 '진영'은 바로 하이데거가 말한 비실존적 인간,

즉 일상적 생활에 얽매어 있는 바로 그 世人에 불과하다. 그러니까 '진영'은 우려(憂慮, Sorge, 현 존재가 일상계의 전재로써 표시되는)의 본래적 성격을 잃고 단순한 세인으로서 '본래의 나'로 돌아가고 그래서 자기가 무 앞에 직면해 있다는 것을 자각하게 될 때 비로소 실존을 의식하게 되는 것이다. 그러나 '진영'은 존재의 자각 이전에서 헤매고 있다고 진영을 비실존적 인간으로 이어령은 정의를 내리고 있다.[64] 그 당시나 최근까지도 「신화의 단애」를 분석 대상으로 한 연구자들이나 비평가들 역시 이어령의 관점을 따르고 있다.[65]

최근 김동리와 이어령의 논쟁을 대상으로 '실존주의 문학론'을 쓴 최혜실 역시 김동리가 제시한 「신화의 단애」의 실존성을 부인하는 이어령의 의견에 찬동한다. 최혜실은 「신화의 단애」의 진영을 x대학 미술과 학생으로서 자신의 본능과 기분에 따라 그날그날을 살아가는 창부형 여인으로 보고 있다. 그녀가 직업 대신 일하고 계약 동거를 하는 것은 가난 때문이 아니라 순간의 본능에 충실한 때문으로 묘사되어 있다며 진영을 창부형 인간으로 규정하고 있다.[66]

우리는 여기서 서사 과정을 따라가 보자. 자신도 기피자이면서 기피자를 잡아야 한다는 형사, 언제 죽을지도 모른다며 돈에 의지해 찰나적인 인생을 사는 깨끗한 뒤통수의 청년, 아이 네 명으로 하숙을 치며 겨우 살아가는 하숙 아줌마, 기생을 자기 방에 끌어들여 육체적인 관계를 맺으면서 진영에게 애매한 편지를 보내는 준섭, 미술 전공자면서 생계유지를 위해 간판 그리기를 하는 경일, 자신의 생계를 위해 댄스홀에 임시직으로 나가며 일주일 동안 동거하자는 말에 선뜻 동의하는 초점인물 진영, 그리고 자신의 몸값으로 받은 30만원을 아낌없이 오버 코트, 구두 등의 일상품을 사고, 하숙집 아줌마에게까지 적선하는 진영을 만나게 된다.

위의 서사 진행은 진영을 둘러싸고 있는 현실을 이루고 있는 것이다. 즉 이 행위의 동선은 부조리 상황을 드러내는 진영이 접해 있는 현실이다. 이 작품에서는 이 부조리한 현실자체가 트라우마로 작용한다. 어떤 순간도 향유할 수도 어떤 것도 소유할 수 없는 폭력적인 상황에 의해 상처를 받은 진영은 여기서 헐벗고 고통받는 타자의 모습이다. 부조리한 현실 자체에서의 상흔으로 벌거벗긴 타자, 상처받은 영혼은 스스로의 위로를 위한 향연을 베풀어야 한다. 일주일 동안의 동거 약속으로 얻은 30만원을 아낌없이 자신을 위한 향유에 사용한다. 부조리한 상황, 트라우마와의 만남은 자신의 기존의 윤리와 도덕을 파괴시킨다.

진영은 부조리한 상황으로 인한 불안과 초조를 매일 매일의 즉흥적인 삶을 통해 향유함으로써 자신의 상처를 위로 받고 싶은 것이다. 부조리한 상황 속에서 진영의 열망인 '영원한 애인'을 만나고 싶음은 자신의 새로운 윤리적 주체로 거듭나고 싶은 욕망이며 그런 부조리한 상황을 벗어나고 싶은 욕망 때문이다. 또 그림을 그리고 싶은 욕망이 이루어 질 수 없음을 일상적 삶 속의 불안과 초조를 통하여 이 작품은 제시하고 있다. 왜냐하면, 진영이 그림을 그리고 싶은 열망을 가지는 행복한 순간인 호텔에서의 생활은 일주일 후면 끝이 나고 다시 진영은 부조리한 상황 속으로 돌아가야 하기 때문이다. 결국 미래가 없는 불확실한 삶이 진영을 불안과 초조로 이끌고 그것은 즉흥적인 삶을 살게 한 것이다. 부조리한 상황 속에서의 인간의 실존 형태를 다룬 소설이라는 측면에서 이 소설은 분명 실존주의 소설이라 할 만하다.

이 작품에서 주인공 진영은 자신의 열망을 이룰 수 없는 부조리한 상황 속에서 본능과 감각에 의지한 말초적인 인간으로 살 수밖에 없음을 보여주는 인물이다. 그러나 불안과 감각에 의지한 도피적 삶은 존재의 본질적인 해답 '영원한 애인'이 생기기까지이다. 그러니까 진영의 감각적이고 말초적인 삶 자체가 부조리한 상황에서 비롯된 실존적 불안이라고 할 수 있다. 이러한 의미에서 「신화의 단애」는 전후의 부조리한 상황 속에서 비롯한 실존적 불안감을 보여준다는 의미에서 광범위한 실존주의 문학 속에 포함시킬 수 있다.[67] 김혜리 역시 '인간에게 부여된 어떠한 절대적인 가치도 거부한 채 유동적이고 유한한 삶 자체의 현존을 문제삼았던 넓은 의미의 실존주의 소설의 특징을 보인다'고 했다.[68]

남성 작가들 중 그나마 「신화의 단애」를 제대로 평가한 작가는 김우종이다. 전쟁 직후 실존주의 작품의 양상은 분명 전쟁에 의한 소외와 도피의 심리가 깔려있다. 경제적인 측면뿐만 아니라, 어떤 하나 의지 할 곳 없는 존재의 새로운 도전에 대한 해답이 결국 실존주의로 나타난 것이다. 모든 것으로부터 타자화된 자신을 유일하게 안으로 응축하기 위한 최후의 수단으로 실존주의 철학이, 실존주의 문학이 나타난 것이다. 결국 실존주의 문학은 모든 것 으로부터의 타자화로 인해서 발생한 문학인 것이다.

「신화의 단애」에 나타난 이 같은 '별난 계집'은 사실은 별난 괴물이 아니라 전쟁이 만들어 낸 흔한 인간형의 하나일 것이다. 왜냐하면 오직 생존만이 유일 목표일 수밖에 없었던 극한상황 속에서는 그 같은 인물이 쉽게 나올 수 있었으며, 그것이 전후의 새로운 양상으로 드러나고 있었기 때문이다. 그런 의미에서 이 작품은 전후문학의 대표적인 유형에 속한다. 그리고 그것은 실존주의 문학과 함께 우리 문단이 서구 문학에 얼이 빠져 있던 시대에 그들의 전후문학의 영향을 받은 것이라고 짐작된다.[69]

김우종의 평가대로 진영은 전쟁 이후의 부조리한 극한 상황이 만들어 낸 한 인물 유형이다. 한말숙은 자신의 소설 기법인 대상을 철저히 객관화함에 따라 우리 정서에는 낯선 인물형을 만들었을 뿐이다. 이런 진영과 같은 인물형에 대해 창부형의 인간이니 하는 논의 자체가 어불성설이다. 객관적 대상인 진영이 극한 상황 속에서 급급하게 하루하루를 모면하듯 살아가는 모습 자체가 불안과 초조를 동반한다. 그런 인물에게 현실적 갈등은 일어나지 않는다. 대상을 철저히 객관화하는 데 익숙하지 않은 우리 풍토에서 비평가들이 도덕적 편견을 가지고 소설을 오독, 해석하는 가운데서 작품에 대한 오해가 있은 것 같다.

한말숙의 작품에서 드러나는 이런 대상에 대한 철저한 객관화는 한말숙의 인간관이기도 하다. 이것은 「별빛 속의 계절」 속의 초점 인물 영식의 의식을 통해서 드러난다.

이렇게 생각하니 영식은 사람도 별과 한가지로 이미 마련된 서로의 거리를 지닌 채 꼼짝 못한 절대적인 위치에서 홀로 살다가 죽는 것만 같았다.[70]

한말숙의 문학 작품에 나타나는 그 당대의 시대적 부산물이랄 수 있는 이런 인물들에 대한 철저한 대상화는 그 인물의 도덕적 윤리의 문제라기보다는 부조리한 상황으로 인해서 만들어진 도피적 인물이다. 또 작가가 시대적 산물로 그리다보니 인물에 대한 철저한 대상화로 스스로 인물에 감정이입을 하지 않았다고 생각된다. 인물에 대한 철저한 대상화는 결국 냉혹한 객관적 시선으로 그릴 수밖에 없었을 것이다.

4) '아프레 걸'과 타자 윤리학

한국 작품보다 서양 화법이나 서양적 소설 구성에 더 익숙한 한말숙이 그 당시의 시대적 지적 분위기는 감지하고 있은 듯하다. 까뮈나 싸르트르의 실존주의의 작품을 읽고, 실존주의 영향을 받은 한말숙이 그 당시 유행하던 '아프레 걸'의 이미지를 결합, 작품화 한 것이 「별빛 속의 계절」과 「신화의 단애」이다.

한말숙의 등단 작품인 「신화의 단애」나 1차 추천 작품인 「별빛 속의 계절」, 이 두 작품은 위에 거론한 남성 평자들에 의해서 '아프레 걸'의 면모를 보여주는 작품으로 평가되고 있다. 1950, 60년대의 유행했던 신여성 상으로 '아프레 걸'은 과거의 전통과 관습을 무시하고 자신의 주체적인 삶을 살고자 하는 의지를 보여주는 여성을 지칭하는 말이다.[71] 그러나 「신화의 단애」나 「별빛 속의 계절」의 여주인공들은 과거의 전통과 관습을 무시할 뿐만 아니라, 근대적 의식을 가지고 있는 인물이다. 한 인간으로서의 주체성과 물질성으로 드러나는 육체적 매력을 동시에 지녔다는 점에서 두 작품의 주인공들은 '아프레 걸'이다.

그녀들은 전쟁 직후의 가족이 해체되고, 남성적 가치를 획득한 과장된 여성성을 보여주는 김우종의 말대로 '별난 괴물'들이다. 「별빛 속의 계절」의 경자나 「신화의 단애」의 진영은 남성과 똑같은 성적주체자들이다. 보통 여성들처럼 성적인 환상도 없고 오히려 성적인 것에 유희적 태도를 통하여 현실을 도피한다. 이 여성들은 대부분의 한말숙 작품에서 나타나는 것처럼 여자이면서 남성적 젠더를 수행하는 여자다. 양공주이고 몸을 팔아 생계를 유지하는 인물임에도 스스로가 경제적 주체이기 때문에 그들은 누구에게나 당당하다. 이런 당당함은 개체자로서의 한 인간으로 주체성을 보여줄 뿐 아니라 현실을 극복하고자하는 능동성을 가진 근대인이기 때문이다. 그러기에 자신이 처한 어려운 현실을 적극적으로 받아들이고 여성이 가지는 성적인 환타지를 거부한다. 성적 환타지에 함몰되지 않고 오히려 도피를 통해 현실을 극복하고 즐길 줄 아는 고독한 이방인이다.

전쟁의 참혹한 상황의 연장으로 본 현실은 사회 속의 가정의 안락이 보장되는 정상적인 현실이 아니다. 작품의 현실은 아직도 전쟁의 연장선 속에 있다. 군 기피자를 적발하는 현실과 일시적인 찰나의 삶만이 중요한 댄스 무대, 미군 기지라는 현실 속에서는 일상과 비 일상, 삶과 죽음, 고상함과 비속함, 진실과 거짓 등의 경계가 무화된다. 그런 현실 속에서 이 작품들의 여주인공들은 자신이 진짜가 아닌 가짜로서 가면을 쓰고 살아가는 인간들이다. 그 가면 아래서 그녀는 나이, 젠더, 섹슈얼리티 등을 가로지른다. 그런 비일상적 공간 속에서 전통적 사회의 관습적, 신분적 관행이 문신처럼 새겨진 몸 언어의 구속으로부터 그녀들은 자유롭다. 이 작품 속의 공간은 성적 방종과 성적 역할 바꾸기가 허용되는 해방구이다.

「신화의 단애」의 진영, 「별빛 속의 계절」의 경자는 여성의 젠더 정체성 따위에는 관심이 없다. 자아, 주체인 '나'를 발견하려는 강박증과 정체성 따위의 정치학은 경멸과 조롱의 대상이다. 가면이 본질이므로 가면 아래 적나라한 진실의 얼굴은 없다.

「신화의 단애」의 진영은 그녀와 애인 관계에 있는 경일이 그녀가 댄서로 나갔다고, 또 경일의 친구의 하숙방에서 잤다고 폭력을 휘두르지만, 오히려 그 발길질을 즐긴다. 다음날에는 성모 마라 상 앞에서 '영원한 애인을 마련해달라'고 기도한다. 또 「별빛 속의 계절」에서 경자는 미군과 애인관계에 있으면서 그 집 하우스 보이인 영식을 유혹, 결국 영식을 파탄에 이르게 한다. 이 두 작품에서 보여주는 것은 남성들의 전유물인 성적 희롱에 대한 역할을 남성에서 여성으로 뒤바꿈으로써 고유한 여성은 없다는 것, 여성성이 닻을 내리고 있는 공간은 없다는 것을 알레고리로 보여주고 있다. 이 모든 것이 가능한 것은 부조리한 상황이라는 조건에 의해서 이다.

한말숙의 「신화의 단애」나 「별빛 속의 계절」에서는 그러한 부조리한 상황 속에 놓여진 인물을 대상화해, 그러한 현실 속에서의 가능한 삶을 조립하여 보여 준 것이다. 여기에서는 진영이 놓여진 부조리한 상황이 문제이지 진영의 윤리적인 것이 문제 되지 않는다. 왜냐하면 상황이 비일상적인 해방구이기 때문이다. 진영의 해방구에서 보여주는 젠더적 조롱은 자신의 '영원한 애인', 자신의 대타자를 찾을 때 사라진다.

이들의 젠더적 조롱은 한 마디로 말한다면 유희다. 그것은 자기에게 펼쳐진 상황을 아무런 불평 없이 활용하면서 인간관계, 육체관계에서 오는 구속에서 해방되고 싶은 자유로움이다. 남자, 여자라는 젠더 구분조차 거추장스럽다. 젠더 구분을 벗어버리면 그 자유로움은 육신의 해방감을 가져다준다. 자기 내면의 그것에 비하면 아무 것도 아니다. 주인공 진영은 유순한 성격을 소유하고 있다. 타인과 가까워지기 위해서 대화를 하다보면 어느 듯 자기 자신보다는 상대방의 의견에 흡수되어 버린다. 하숙집 아줌마에게 하숙비 외에 5만 원을 더 얹어 준 것이나, 호텔에서 준섭에게 기생을 데리고 자러 오라는 편지나, 영원한 애인을 갈구하면서 경일에게 사랑한다는 편지를 쓰는 진영이다.

이런 「별빛 속의 계절」의 경자나 「신화의 단애」의 진영의 일련의 행동은 도피적 행위이다. 이런 도피적 행위는 자신을 본질적으로 실현시키고자하는 실존적인 욕망의 과정이다. 그것은 주체를 떠나서 새로운 존재, 타자에 대한 관심이며 그로 인해 존재 확인을 받는 역설적인 존재의 과정이다. '도피'는 자기 자신을 떠나려는 욕구이며 '내가 자기 자신으로부터 존재한다는 사실을 탈피시키는 것이다.'[72] 자기 자신으로서 사실성을 떠난다는 것은 곧 존재의 안일한 평화 상태와 그 만족을 거부하고 나와 다른 것, 타자에 대한 관심이며 그것은 존재의 본질적인 욕구를 반영하는 것이다. 즉 도피는 존재 실현을 위해 새로움을 주는 존재론적인 이탈행위다. 이런 욕구는 일종의 즐거움이며 자기 자신의 포기와 상실, 자신 바깥으로의 탈피, 엑스타시를 의미하는 것이다. 이런 즐거움은 결국 타자에 대한 새로운 관심으로 나타난다. 「별빛 속의 계절」에서 경자가 영식에게 보여주는 누이와 같은 친밀함과 안타까운 눈길이 그것이며. 「신화의 단애」의 진영이 하숙집 아줌마에게 느끼는 친밀성이나, 경일에게 사랑한다는 편지를 쓰는 행위로 나타난다.

「별빛 속의 계절」, 「신화의 단애」의 여성 인물들은 1950년의 전쟁 후의 미래가 불확실한 불안한 상황이 만들어 낸 인물이다. 인간을 인간답게 살 수 없게 만드는 부조리한 상황 속에서는 자기 자신으로 살아 갈 수 없다. 불가피한 도피를 통해 새로운 해방구를 만나게 된다. 이 공간은 윤리적인 인간관계 등 모든 것으로부터 해방되는 해방구이다. 두 작품에서의 여성들의 비정상적인 행위들은 바로 해방구에서 볼 수 있는 인물의 형태일 뿐이다.

5) 「별빛 속의 계절」과 「신화의 단애」의 소설 기법

한말숙의 작품을 거론하는 대부분의 평자들은 한말숙의 소설적 기법에 대해서 드라이하고 간결한 문체, 플롯에서의 마지막 반전 구조, 등을 들어 칭찬하고 있다. 그러나 한말숙의 소설 기법에 대한 구체적인 연구는 되어 있지 않다. 구인환이 '현대 여류작가의 기법' 연구라 해서 강신재, 박경리와 함께 한말숙을 다루고 있다.

한말숙만치 시대의식에 바탕을 두고 특이한 문체로 작품을 보여주는 작가도 그리 흔하지 않다 …… 초기의 아프레껠하고 실존적이라 불리워지는 젊은이의 生態를 그린 「神話의 斷崖」〈내일을 생각하지 않

고 다만 오늘을 사는) 진영의 실존적(?) 生活을 현대적 감각을 주는 文體로 표현하고 있다.[73]

구인환은 이 논문을 통해 '현대적 감각을 주는 문체'가 무엇인지는 구체적으로 분석하고 있지 않다. 이 작품 분석을 통해서 구인환이 지칭한 '현대적 감각을 주는 문체'는 과연 어떤 문체를 말하는지 분석해보자.

한말숙은 위에서 언급한대로 중학교 때부터 밤을 세며 일본어 번역의 서양문학에 심취, 서양문학 정서를 통해 문학을 공부했다고 할 수 있다. 그래서인지 한국인의 정서에는 낯선 문학 문법을 보여주는 특징들이 많다. 그 중에서 한국인에게 부족한 장, 단편 양식에 대한 뚜렷한 인식이다.

범박하게 장, 단편 양식의 구분은 소설에서 이야기 된 시간이 전 일생을 다루느냐, 아니면 어느 특정한 순간을 다루느냐에 따라서 달라진다. 전 일생을 다루더라도, 이야기하는 시간이 어느 특정한 순간을 다룰 경우 그것은 단편 양식에서 다룰 만한 이야기라고 할 수 있다.

「신화의 단애」는 우선 이야기된 시간과 이야기하는 시간이 거의 일치한다. 이야기 하는 시간은 댄스홀에서 경일이 집, 다음날 깨끗한 뒤통수와의 만남에서 혼자 호텔에서의 물질적인 행복을 누리는 순간까지 2일이다. 이야기된 시간은 경일이 집으로 갔던 전날 밤, 친구 준섭이 집에서 잔 이야기까지 합치면 3일이다. 이야기된 시간과 이야기하는 시간이 일치하면 그만큼 소설은 더욱 장면적이고 사실적인 효과를 낸다. 이야기하는 시간과 이야기되는 시간이 거의 일치한다는 것은 플롯과 줄거리의 배열질서가 일치한다는 것을 의미한다. 이 작품은 자연적인 시간 순서가 바로 작품 자체의 배열적인 순서라고 할 수 있다. 그만큼 플롯이 단순하다는 것을 말한다. 플롯이 단순하다는 것은 서술자 혹은 초점인물의 의식 또한 단순하다는 것을 말한다.

그렇기 때문에 이 작품은 서술자 또는 진영을 초점자로 삼아 거의 사물을 진영의 눈 혹은 진영의 의식을 통해서만 보면서 직접적으로 서술한다. 이 작품은 3인칭 서술 중에서도 진영이라는 인물의 시점을 따르고 있다. 인물시점은 화자의 시점에 의존하면서 적절한 경우에 인물의 시점으로 변화시키는 방법이다.[74] 인물시점으로 전환하는 것은 극화된 장면을 제시하기 위해서이다. 즉, 극화된 장면에서 화자는 인물에 밀착함으로써 인물의 눈에 보여진 것이나 인물의 내면의식을 제시한다. 첫 장면을 보자.

> 새까만 거리에는 헤드라이트의 행렬이 한결 뜸해졌다. 시간은 마구 흘러간다. 진영은 별로 초조해지지도 않는다. 애당초에 댄서로 취직할 것을 잘못했다는 생각도 해본다. 그러나 한 달 동안 일을 한 연후에야 겨우 월급을 탄다는 것은 안 될 말이다. 오늘 저녁을 먹고 이 한 밤을 여관에서 자기 위한 돈이 ― 그것도 단 돈 이천 환이면 되지만 ― 필요한데 한 달 후가 다 무엇이야.[75]

위의 첫 문장은 진영의 눈에 비친 풍경이다. 두 번째 문장부터
는 진영의 의식을 서술하고 있는 부분이다. 초점 화자의 비개입
적인 서술을 통해서 장면으로 전환된다. 이런 작품의 특징은 처
음부터 마지막까지 지속된다.

이 작품의 처음부터 끝까지 인물의 직접적인 서술을 통해서 일
련의 연속적인 장면들로 느끼게 한다. 그 밖의 다른 삽화가 별로
개입되어 있지 않다 하더라도 대화와 같은 직접 서술 속에 녹아
들어 각 장면의 일부가 된다.

> "웬 일 이야? 방이 더워."
>
> 경일이 갑자기 몸을 일으키고 다짜 고짜로 진영의 등을 마구 때린다.
>
> "왜 이래, 왜 이래"
>
> "이 년아, 준섭이가 장작을 사온거야."
>
> "좋겠군요. 친구 잘 두어서."
>
> "엊저녁 얘기 다 들었다. 이 년아, 준섭이가 여기서 잔 거야."[76]

위의 인용문은 진영이 경일의 친구인 준섭이의 집에서 잤던 사
건을 대화하는 장면이다. 즉 자신의 애인인 경일의 친구 준섭이
의 집에서 진영이가 잤다는 에피소드를 끌어들이는 방식이다.
대화 속의 직접 서술을 통해서 장면화하고 있다. 이런 장면화의
특징은 서술자나 화자의 개입 없이 독자가 직접 느끼게 하는 것
이다. 이런 감정 이입으로 인하여 독자는 자신이 느끼는 것처럼

감각함으로써 훨씬 감동이 커진다.

이런 장면화는 또 공감각화를 통해서도 보여준다. 시각과 청각 이미지를 통합하는 공간화를 지향하고 있는 장면들을 통하여 시간적이기보다는 공간적인 효과를 보여준다. 이것은 사건의 진행이나 사건의 인과적인 관계에 기여한다기보다는 독자의 정서적 반응을 유발하고 고양시키는 데 기여한다.[77]

카네숀 꽃잎 지던 밤 ─

스테이지에서 가수가 앞가슴을 허옇게 드러낸 채 노래를 부르고 있다.

"나도 기피자인데, 남을 잡으려니 양심이 찔리지만, 그렇다고 이내로 있으면 내목이 달아나고."

추억에 울던 ─

"내일까지는, 꼭 하나 적발해야 할텐데 …… 자, 그리고 보니, 모조리 기피자 같기 도 하고, 또 아닌 것 같기도 하고, 후유 ─"

남자가 풍기는 술 냄새에 견딜 수가 없다. 진영은 스텝을 밟으며

"저기 있지 않아요? 기피자."[78]

위의 인용문의 '카네숀 꽃잎 지던 밤'과 '추억에 울던'은 노랫말이다. 청각적인 노래와 스텝을 밟는 장면을 공감각적으로 처리하면서 시간은 무화되고, 독자들의 순간적인 환상을 통하여 이미지가 형성된다. 이런 장면적 효과를 통하여 독자의 정서를 환기시키는 것은 바로 마지막 부분에 독자를 끌어들이기 위한 작가의

전략이다. '남자가 풍기는 술 냄새에 견딜 수가 없다.' 와 다음 문장 '저기 있지 않아요? 기피자' 앞의 문장과 뒤의 대화를 독자에게 환기시키기 위해 작가는 장면적 효과를 위해 공감각적 기법을 사용하고 있다. 까뮈의 이방인에서 뫼르소가 바닷가의 모래에 반사된 햇빛 때문에 우발적으로 아랍인을 총으로 쏜 사건을 서술하는 방법과 닮아 있다. 뫼르소가 눈부신 햇빛 때문에 아랍인을 총으로 쏘는 것이나 진영이 남자가 풍기는 역겨운 냄새에서 벗어나기 위해 아무나 손가락질로 '기피자'를 고발하는 것이 인간의 즉흥적인 기분을 보여주기 위한 소설적 기법으로 사용되고 있다.

순간적이고 즉흥적인 인물의 특징을 드러내기 위해서 과거 회상이 필요 없다. 그래서 진영의 가족, 진영의 과거가 전혀 드러나지 않는다. 더군다나 대학생이면서도 댄스홀에서의 댄스를 하는 이유나 돈을 받고 성을 매매하는 행위 자체에 대해서도 도덕적 갈등을 전혀 보여주지 않는다. 그래서 평자들은 드라이하다는 평을 하게 되는 이유가 되기도 한다. 이것은 작가가 극한 상황 속에서는 누구나 이런 인물이 될 수도 있다는 것을 보여주기 위한 의도 때문이다.

이 작품의 문체 또한 간결하고 직설적이다. 주어가 생략된 문장, 수식어가 없는 짧은 단문의 연속, 빠른 템포의 대화 등의 특징들은 인물의 특징과 일체가 되어 작품의 분위기를 이룬다. 위의 평자들이 진영을 '비실존적 인물'[79]이라느니, 그날그날 자신의 본능에 맞춰 살아가는 '창부형인간'[80]이니, 세속적 인간이라느니 하는 평들이 이런 문체나 대화에서 비롯된 것이다. 이 작품에서 이야기는 있지만 갈등이 없는 이유가 바로 대화나 문체를 통하여 드러나는 단순한 인간형이기 때문이다. 「신화의 단애」에 나타난 이러한 기법은 「별 빛 속의 계절」에서도 거의 그대로 나타난다.

2. 소재의 변화를 통해서 본 타자 윤리학

한말숙의 작품 세계를 초반부, 후반부로 나눈다면 초반부는 자신과 세계와의 거리에서 먼 거리에 있는 그 당대의 소외된 타자들을 대상으로, 후반부는 자신과 좀 더 가까운 주위 사람을 대상으로 혹은 자신과 가장 가까운 거리에 있는 자신의 일상을 대상으로 작품화한다. 이런 경향은 다른 여성 작가들이 자신의 주변 이야기로부터 범위를 넓게 나가는 것과는 다르다.

한말숙은 그 당시 남성뿐만 아니라 여성으로도 1%도 되지 않은 서울대를 졸업하고 20년 동안 군수를 지낸 아버지 밑에서 자란 중상층 출신이었다. 전쟁 직후의 폐허 상태에서 보이는 것은 자신의 환경과 다른 굶주리고 헐벗은 고통받는 자의 얼굴뿐이었을 것이다. 문득 자신을 돌아보았을 때 자신과 절대적으로 다른 자들의 군상들 속에 에워싸여 있는 자신을 발견했을 것이다.[81]

한말숙은 그들 속에서 비전을 읽었고 그들의 함성을 들었다. 한말숙은 자신의 향유된 특권적 삶의 소재보다는 시대적 트라우마에 갇혀 고통받고 헐벗은 타자들에 대한 윤리적 책임감을 느꼈을 것이다.

또 작가로서의 충분한 역량을 가지고는 있었지만, 작가가 되고 싶은 열망이 크지 않은 한말숙이 가장 하고 싶은 것은 한편의 작품이라도 자신이 감동 받은 작품과 같이 한번 멋진 작품을 써보는 것이다. 등단 인터뷰에서 한말숙이 한 인터뷰 내용이 바로 그런 것이다. 요약해 보면 다음과 같다.

옛날의 어떤 노작곡가가 고즈넉한 저녁, 산책을 하던 중 창문으로 들려오는 피아노 소리를 들었다. 그 음악이 어찌나 장엄한지 깊이 감동을 받았다. 감동된 나머지 자신도 모르게 눈에 눈물이 고였다. 여생이 얼마 남지 않은 노작곡가는 비록 자신은 걸작을 못 남겼지만 이토록 감동되는 음악을 들었다는 것만으로도 행복하다고 생각했다. 나중에 알고 보니 그것은 자신이 작곡한 교향곡 중의 한 부분이었다는 것을 알았다는 것이다.[82]

한말숙의 꿈은 나중에 자신이 읽었을 때도 스스로 감동 받을 수 있는 작품을 생산해 내는 것이다. 그러기 위해서는 자신의 일상으로부터 탈출, 그 당대를 표상할 수 있는 인물을 중심인물로 소재를 잡아야 하는 것이다. 그것이 바로 그 당대의 부조리한 상황 속에서 부유하는 여성 표상의 인물인 「신화의 단애」의 진영이나 「별빛 속의 계절」의 경자, 전쟁고아 영식이었던 것이다. 그리고 가부장적인 가족 관계 속에서, 혹은 정치적으로 혹은 경제적으로 소외된 가난한 사람들의 이야기, 「어떤 죽음」, 「노파와 고양이」, 「세탁소와 고양이」, 「落淚附近」, 「귀뚜라미 우는 무렵」, 「장마」, 「Q 호텔」, 「순자네」 등의 작품을 생산해 냈던 것이다. 이런 주변인 '타자'를 소재로 한 작품 형상화는 1963년 「광대 김 선생」을 발표하기 전까지 계속된다.

당대의 몇 퍼센트 되지 않은 중상층 출신 한말숙의 주변인 '타자'에 대한 부채감 내지 책임감은 시대의 트라우마에 갇혀 그 당대를 부유하는 인물을 형상화하는 것으로 나타난다. 레비나스는 인간은 누구나 타자에 의해 강요되어 있다고 말한다. '나 여기 있음'은 타자성에 의해 결정된다는 것이다. 그런데 이런 자아는 본질적으로 나 자신 속의 자아가 아니라 타자 안에 있는 '탈주체성'이다. 즉 주체가 존재한다는 것은 세계에 대한 향유에 의해 확인되며 이것은 타자에 대한 근접성을 확보하는 자아적 동일성의 실현이다. 즉 '나 여기 있다'의 존재 표현은 타자에 대한 감수성의 구체성과 그 의미 연관을 보여준다는 것이다. 자신을 떠나서 존재케 하는 것은 주체에 내재된 감수성의 기능에서 비롯된다. 주체에 내재된 감수성은 존재 진리가 타자에 대한 관심으로 나타나는 친밀성에 관계된다. 곧 존재의 친밀성은 나의 주체성을 타자로 소환하는 방식이며 내가 존재한다는 것에 대한 존재의식이다.[83] 문학은 인간의 감수성을 대상으로 표현하는 하나의 매체다. 이 인간의 감수성이 레비나스에 의하면 타자에 대한 관심, 즉 친밀성과 관련된 것이라는 것이다.

　한말숙의 초기 작품에 나타나는 '타자'에 대한 친밀성은 자신의 삶의 존재방식을 드러내 보이는 것이다. 즉 초기 작품에서 드러나는 소외 의식은 한말숙의 삶의 존재 방식을 드러낸 것이고, 작품 속에 나타난 감성은 소외된 인물에 대한 안타까움의 표현이다. 그 안타까움은 타자에 대한 친밀성을 드러내는 것이며 타자에 대한 주체의 책임감으로부터 오는 것이다. 주체의 책임감은 자신의 의지에 따른 선택이 아니라 인간의 근본적인 본성에 의해 외부 세계에 자신을 개방하는 것이다. 즉 이웃에 사로잡힘 즉 본의 아니게 사로잡히는 것, 말하자면 아픔이다.[84] 이것은 인간이 자신을 세계에 개방함으로써 쉽게 상처받거나 늘 폭력적인 방식으로 어떤 상황에 의해 자신의 감성이 피지배적일 수 있다는 것을 의미한다. 감성은 주체에게 아픔과 고통을 주는 것과 동시에 직접적인 방식으로 고유성을 전달한다. 인간적으로 여린 감성의 주체는 있는 그대로의 실존적 고통을 강하게 느끼지만 이것은 타자로부터 낯선 상황을 부지불식간에 받아들이게 한다. 타인의 시련은 구체적으로 자신의 것으로 다가오는데 그것은 타인은 자신의 구체적 삶과 관계 맺기 때문이다. 그러기 때문에 타인의 얼굴은 주체인 나 자신의 고유성을 표현하며, 나의 얼굴은 타인의 그것과 본질적으로 동일한 얼굴이다.

1) 타자에 대한 윤리적 책임과 시선의 문제

① 「노파와 고양이」

한말숙의 타자에 대한 윤리적 책임감은 시대적 트라우마에 갇혀 시대를 부유하는 「별빛 속의 계절」의 경자나 영식, 「신화의 단애」의 진영이와 같은 인물뿐만 아니라, 가정에서 소외된 노파, 혹은 절대적인 가난 속에서 돌파구를 찾을 수 없는 「장마」의 태식 부부, 「어떤 죽음」의 근이 엄마, 「순자네」 순자네 가족들, 「광대 김선생」의 김선생 등 시대에 적응하지 못하는 타자들을 형상화한다. 작가는 이런 타자들을 형상화하는 방법으로 객관적이고 냉혹한 시선을 선택함으로써 좀 더 리얼리티를 살린다.

한말숙은 위에서 논의한 대로 「별빛 속의 계절」의 경자나 「신화의 단애」의 진영처럼, 초기의 내부분의 작품에서 한 인물이 놓여진 상황에 따라 어떻게 행동하느냐를 고찰, 작가의 프리즘으로 비친 대상이 아닌, 대상 그 자체를 그대로 보이려는 냉혹할 정도로 객관적인 태도를 작품에서 보여준다. 이것은 한말숙의 작가의식과 관련이 있다. 어떤 특수한 상황에 놓여진 초점 대상을 그 대상답게 그리는 것이 한말숙이 작품화하는 데 가장 중요한 관건이다. 한말숙이 이 관점을 철저히 지킨 작품은 비교적 성공한 작품으로 다른 나라에서 번역이 될 뿐만 아니라 한말숙의 선집에

반복적으로 채택되기도 한다.[85]

초기 작품에 속하는 「노파와 고양이」, 「장마」를 보자. 두 작품은 철저한 단편 양식에 의거해 형상화된 작품이다. 이 두 작품은 원고 매수가 70~80매 분량으로 이야기 시간이 하루 동안 일어난 이야기를 형상화한 작품이다. 이야기하는 시간과 이야기 된 시간이 똑같다. 이런 일치는 「신화의 단애」를 분석할 때 논했지만, 이야기가 서술보다 장면화 할 경우 가능한 시간이다. 실제 이 두 작품은 처음부터 끝까지 장면화를 지향하고 있다. 이 두 작품은 똑같이 「노파와 고양이」에서는 노파를 「장마」에서는 초점인물 태식과 새댁을 대상화, 특정 상황 속에서의 그들의 행동 양태를 대상화하고 있다.

작가는 「노파와 고양이」를 통해서 노파의 의식과 행동을 어떻게 효과적으로 독자에게 전달하느냐를 서술의 목적으로 삼고 있다. 즉 노파의 소외를 어떻게 독자에게 감동 있게 전달하느냐이다.

이 작품의 구성은 노파의 호기심에 따라 진행된다. 노파의 방—머릿장—식모방—화장실—며느리방—손녀방—남편에 대한 회상의 순으로 노파의 동선이 움직이다가 더 이상의 노파의 호기심을 자극할 다른 것이 발견되지 않자, 남편 회상 장면이 나온다. 대부분의 서술이 장면된 노파의 의식을 통해서 보여주지만, 마지막 남편을 회상하는 부분은 의식의 흐름 기법을 따르고 있다. 의식의 흐름 기법 역시 남편의 죽음을 과거의 사건으로 처리하지 않고, 의식 속에 떠올리면서 현재화 된 사건으로 처리된다.

노파가 손녀의 방을 찾는 이유는 젊은 손녀와 약혼자가 할 수 있는 에로스인 것을 기대하기 때문이다. 그러나 더 이상의 호기심을 충족시킬 아무런 단서를 발견하지 못한다. 실망 속에서 이런 저런 생각을 하다 손녀가 성장해 결혼하게 된 것을 대견스럽게 생각하기 시작한다. 동시에 노파의 남편이 손녀의 결혼을 대견스럽게 생각할 것을 떠올리며 남편의 죽음을 생각한다. 그날처럼 소낙비가 쏟아지던 날 남편은 죽었고, 남편이 죽은 다음날 옆집 마당에 늙은 고양이도 함께 죽어 있었다. 지금 노파가 놓여진 상황과 다를 바 없다. 비는 죽죽 내리고 '축 늘어진 윤기 없는 뱃가죽을 아랫목에 납작 붙인 채 자고 있는' 고양이는 남편이 죽을 당시의 늙은 고양이를 떠올리게 한다. 죽음을 상징하는 늙은 고양이는 노파와 등가물이다. 여기에서 노파의 호기심은 살아있는 노파의 생명력이다. 곧 노파의 호기심이 사라진다는 것은 노파의 죽음을 의미한다.

노파의 호기심은 가족과의 소통으로부터 단절된 소외의 산물이다. 이 단절은 위에서 논의한대로, 노파의 신체적 노후에 의해서 어쩔 수 없는 부분과 가족들로부터의 무관심에 의한 것이다. 이 작품의 부차적 인물, 손녀나 식모에 의해서 보여준 노파는 말썽꾸러기다.

식모는 진종일 집 안을 쏘다니는 것이 정말이지 밉살스럽고 귀찮다. 쿵쾅거리고 시끄러울뿐더러, 쭈굴쭈굴한 얼굴에 윤기 없는 눈동자를

뽀―얗게 뜨고, 흡사 고양이 같이 까칠한 언성으로 엉뚱한 말을 불쑥
하는 것이 딱 질색이었다. 게다가 하루에 한번은 반드시 꽃병이나 유
리창 같은 것을 깨뜨리거나 그렇지 않으면 그녀 자신의 정수리애 딱지
를 붙이는 것이 이를데 없이 보기 싫은 것이었다.[86]

위의 인용문에서 보여주는 것처럼, 식모에게조차 환영받지 못
하는 노파의 소외는 결국 호기심으로 인한 것이다. 가족과의 소
통의 단절에서 온 노인의 소외가 호기심으로 발동하고, 그 호기심
으로 인해 또 다른 소외를 가져오는 순환론적인 구조를 보인다.
마지막 남편의 죽음은 소낙비, 고양이의 칙칙함과 함께 노파
의 의식에 자연스럽게 떠오르면서 노파는 자신의 죽음과 동일시
된다. 이 마지막 장면을 통하여 노파의 소외는 가장 절정에 이르
고 애처러운 장면이 된다.
「노파와 고양이」에 대해 「自己 疏外와 客觀的 視線」의 제목으
로 한말숙론을 쓰고 있는 천상병은 이 작품에 대해 다음과 같이
소외의 문제를 부각시키고 있다.

이 문체에 있어서의 냉혹성은 한말숙의 하나의 특징이다. 그것은 곧
산문에 투철하다는 것이고, 더 말한다면 객관적인 인식이 주관적인 인
식보다 앞선다는 것을 말한다. 각설하고 이 노파가 이렇게도 처절한
추억에 몸부림치는 까닭은 물론 그녀가 현실에서 너무 지나치게 소외
되어 있기 때문이다.[87]

위의 인용문을 다시 해석하자면, '노파'의 소외는 한말숙의 문체의 냉혹성과 산문 정신의 투철함에 의해서 주관적 인식보다는 객관적 인식이 앞서기 때문에 드러난 소외라는 것이다. 그 예로 가장 구상적인 형태인 추억으로부터도 소외되어 있다는 것이다. 독자에게 처절한 인상을 줄만큼 강렬한 추억의 묘사지만, 추억의 '흔적'은 냉혹하게 나열, 정감적인 글귀가 하나도 없다는 것이다.

그러면서 이 작품의 '노파'의 소외는 바로 한말숙의 자기 소외로부터 비롯된 것이라는 결론을 내린다.

그 노파가 현실(가족)에서 거의 소외된 존재이듯이 우리나라 여류 작가들은 그녀들이 정신생활의 결정체인 작품 속에서 자기를 소외하는 존재들이라는 점에서 역설적으로 일치하는 것이다.[88]

염무웅 역시 다른 작품과 함께 「노파와 고양이」를 논하는 글에서 '한 노파의 생태를 하나의 완결된 무드로써 조형하는데 유례없이 선명한 구도를 이룩해 놓은 이 작품은 잘 통제된 언어적 압축과 조심스럽게 다듬어진 구성을 가지고 있다. 그러나 그것은 문제 추구의 집요성이 빚어 낸 일관된 긴장과 결과가 아니고 문제의 바깥에 항시 남으려는 관찰자의 보상의식의 산물인 것이다.'며 구성과 문체에 베푸는 배려의 예민성이 문제 추구의 포기와 교환되고 있다고 비판하고 있다.

여기서 천상병이 지적한 작가의 현실에서의 소외가 결국 작품 속의 노파의 소외의식으로 연결된다는 것과 염무웅이 지적한 관찰자의 문제 바깥에 남으려는 보상의식은 서로 다른 문제다. 천상병이 지적한 곳은 노파의 소외는 결국 사회에서 여성 작가 소외가 결국 노파의 소외를 그려내었다는 것이다. 염무웅은 작가의 시선에 관한 문제다. 작가의 주체적 시각이 사라진 철저히 객관적인 관조의 대상으로 노파를 다루고 있음을 문제 삼고 있다. 철저히 관조적 대상으로만 그리기 때문에 그대로 소외된 채 극복의 과정이 이루어지지 않는다는 것이다. 결국 문제 바깥에 남으려는 작가의 시선이 작품에 영향을 미쳐 현실적인 극복이 이루어지지 못하고 소외로 그친다는 것이다.

한말숙은 이 작품에서 노파의 소외를 부각시키는데 작품의 초점을 맞추고 있다. 그러기 위해서 철저히 노파의 생리를 파헤치고 있다. 이 작품 속에 나오는 '노파'는 가족의 무관심과 세상과의 격리에 의해서 철저히 소외되어 있다. 모든 감각이 둔해진 노파는 텔레비전 프로조차 제대로 이해하지 못하며, 귀가 어두워 가족과의 대화에도 제대로 낄 수 없다. 더군다나 노파의 저급한 호기심을 정당화시키는 전 세대적 윤리관 역시 손녀딸이나 식모에게조차 조롱의 대상일 뿐이다. 오직 과거 가문의 추억만을 반추하는 현실에서 소외된 인간일 뿐이다. 그럼 의미에서 늙은 고양이가 육체만으로 의미를 가지듯 그녀 역시 생존의 의미는 오직 살아있다는 의미만 있을 뿐이다. 몇 십 년 전에 죽은 남편과의 추억도 큰 장마 비로 죽은 고양이처럼 흔적만을 남길 뿐, 이미 잊혀진 기억일 뿐이다.

이 작품에서 '추적거리는 비'는 이 작품의 '노파'의 소외에서 오는 구차스러움을 더욱 고양시키는 분위기를 조성한다. '늙은 고양이' 역시 사물화된 '노파'와의 동일시를 통해 노인이 가족으로부터 소외된 타자의 위치를 대변하는 상관물이다.

한말숙은 위의 천상병이나 염무웅이 지적한 것처럼 한 노파의 소외를 냉혹할 정도로 객관적 시선으로 그리고 있다. 이 노파의 시선은 가족의 무관심에 의한 것이기도 하지만, 스스로의 호기심과 육체적인 노쇠 현상에 의해서 온 것이다. 노파의 소외를 극복하기 위해서는 가족의 관심을 불러들이고, 또 노파의 육체적인 노쇠현상을 재생시키고, 노파의 호기심을 발동하지 못하도록 설득하는 것이다. 이럴 때 한말숙을 포함한 객관적 세계에 살고 있는 타자들이 할 수 있는 것은 첫 번째 노파의 생리를 알고 노파에게 관심을 기울이는 것뿐이다. 두 번째 세 번째는 불가능하다. 즉 두 번째 육체적인 기능을 재생시키는 것은 극히 제한적이고, 노파를 설득해 호기심을 발동하지 못하게 하는 것은 '노파'의 유일한 놀이를 뺏는 것이다. 유일한 놀이인 호기심의 발로는 그마나 '노파'가 살아 있다는 증거다. '노파'의 생명을 뺏을 수는 없는 것이다.

작가는 철저한 냉혹한 객관적 세계의 관찰을 통해 대상, 노파의 소외에 대한 새로운 이해에 독자를 도달하게 하는 것이 이 작품의 목적이다. '노파'의 소외에 대한 이해를 높이는 것은 작가의 몫이지만, 작품을 읽고 그런 노파에 관심을 기울여 노인들을 소외시키지 않는 것은 독자의 몫이다. 염무웅이 말한 집중적 문제 추구에 의한 긴장 관계는 작가의 주관적인 윤리관이 개입될 때만이 가능하다. 현대적인 작품일수록 작가는 자신의 윤리적 해석에 의해서 정답을 내리는 것보다, 문제 제기를 통해 답은 독자의 몫으로 남겨 놓은 것이다. 또 한말숙이 객관적 시선으로 '노파'의 소외를 다루었다고 그것을 작가의 소외와 동일시한 천상병의 시각에는 논리적 비약이 심하다. 천상병의 논리적 비약 부분을 구체적으로 보자.

> 우리나라 여류작가들처럼 그 소재의 다양성을 보여주고 있는 경우는 드물 것이 다. 한말숙의 경우도 예외일 수 없다. (…중략…) 어느 계열이 이 작가의 진짜 표면인지 알쏭달쏭하게 되는 것이다. 즉 자기 소외의 결과의 하나로서 자기 (아니면 그와 비슷한 것)가 아닌 모든 것에 작가적 관심을 집약한다는 필연성이 일어나는 것이다. [89]

위의 인용문에서 보여준 것처럼 천상병은 작가의 현실에서의 소외가 결국 작품에서 소외의 문제를 다룰 수밖에 없는 필연성과 연관시키고 있다. 위의 작품은 '노파'가 자신이 기대한 호기심을 충족하지 못한 데에 대한 초조와 불안을 나타내는 것이다. 천상병은 작가의 시선과 '노파'의 시선을 동일시, 앞뒤가 연결되지 않은 주장에, 마음대로 비약, '노파'의 소외와 작가의 소외를 연결시

키고 있다. 이런 비평문을 또 다시 구인환이 재인용 재생산하고
있다.[90]

이런 한말숙의 초창기의 작품에 대한 주변인 '타자'에 대한 냉
혹한 시선으로 인한 오해는 두 가지 관점에 해석될 수 있다. 그
당시 한국인의 대상에 대한 철저한 객관적 시선에 익숙하지 못한
것으로 인해 한말숙의 작품에 보여준 객관적이고 냉혹한 시선은
낯선 것이었다. 또 하나는 한말숙은 작품 속의 인물들을 시대의
산물로만 그리려는 의도만 있었을 뿐, 인물의 개인적인 성격이나
환경 등을 도외시한 채 객관적으로만 그려내었기 때문에 독자들
이나 평자들의 감정 이입이 불가능했기 때문이다. 이는 바로 평
자들이 주관보다 객관이 앞선다는 평과 일맥상통하는 것이다.
그러니까 한말숙은 주변인 '타자'에 대한 윤리적 책임감으로 관
심과 동정은 있었지만, 그들과의 동일시를 통한 자기 아픔이 동
반되지 않았기 때문이다.

② 「장마」

이 작품은 다른 작품과 마찬가지로, 호흡이 짧은 간결한 문장,
과거나 회상이 드러나지 않는 앞으로만 전진하는 연속적인 장면,
공감각화를 통해 보여주는 시간을 뛰어 넘는 직접적인 장면화를
통해 마치 영상 이미지를 보는 듯 선연한 이미지를 독자에게 주는
작품이다. 염무웅은 이 작품에 대해 다음과 같이 격찬하고 있다.

이 작품은 한말숙의 대표적인 단편의 하나로 알려져 있다. 사태의 요점을 예각적으로 포착하여 간결하게 처리해 나가는 명석한 문장들은 재빠른 장면 이동과 호응되면서 독자들에게 스피디한 경쾌감을 준다. 하고 싶은 얘기 자체가 가지는 의미의 중층적 다양성 때문이 아니라 단편의 조형 능력과 노력의 결여로 인하여 설득력 없는 요설적 잡담으로 흔히 떨어져 버리는 일부 경향에 비추어 본다면, 단일한 상황을 통한 단일한 효과의 집중적 추구라는 고전적 구성법에 이 작가가 크게 의존하고 있는 것도 우선 호감이 간다.[91]

이 작품은 「노파와 고양이」와 같이 위의 인용문에서 염무웅이 지적한대로 '단일한 효과의 집중적 추구'라는 단편 양식에 맞는 이야기 감이다. 갈등을 중시하고 교육적 기능을 중시하는 우리나라의 작품에서 단편 양식의 효과를 보여주는 작품이 그렇게 많지 않다. 한국의 모파상이라고 일컬어지는 현진건의 「운수 좋은 날」이나 김유정의 단편들이 대체로 단편 양식에 맞는 효과를 보여 주고 있다. 그럼에도 이 작품들은 「노파와 고양이」나 「장마」에서만큼 단편양식이 가지는 단일한 정서적 효과를 보여주지는 못한다.

이 작품은 원고량도 70매 가량의 단숨에 읽을 수 있는 짧은 내용의 양이다. 위에서 언급한대로 이야기하는 시간이 전날 아침부터 다음날 새벽까지 만 하루가 안 되는 시간이다. 이야기 내용 또한 아주 단순하다. 이 작품 역시 한말숙의 문체의 특징이 되는 짧은 단문으로 된 문장, 짧은 대화, 주어가 생략된 문장, 빠른 장면의 전환, 공감각화의 효과를 위한 동시에 시각화와 청각화 등으로 경쾌한 흐름을 보여주는 소설이다.

한말숙의 「별빛 속의 계절」이나 「신화의 단애」의 작품의 인물들은 어쩔 수 없는 작중 상황 속에서 그럴 수밖에 없는 행동 양상을 보여준다. 「장마」의 초점 인물인 태식이나 새댁 역시 마찬가지다. 태식이나 새댁은 전날 저녁 첫날밤을 지낸 신혼부부다. 태식이는 어릴 때부터 머슴이었기 때문에 따뜻한 가정이 필요했고, 새댁은 자신의 집이 가난해서 결혼을 통해 한 명이라도 식구를 덜어내기 위해 결혼할 수밖에 없는 형편이다. 그들은 신혼의 밝은 꿈을 안고 마루에 섰지만, 나흘 째 계속되는 홍수는 그들을 압도 한다. 홍수로 인해 새댁이나 태식의 눈앞으로 떠내려 오는 이부자리, 살림 등속은 자신들이 가지지 못한, 가지고 싶은 것들이다. 그러나 폭우에 떠내려가는 광경만 바라볼 뿐 어쩔 수가 없다.

이 소설의 상황 설정은 지독한 가난한 신혼부부라는 것과 4일째 계속되는 장마이다. 앞으로 밝은 전망을 가져야 할 신혼부부와 4일째 계속되는 폭우로 인한 장마라는 역설적 상황은 작가가 의도적으로 설정한 상황이다. 두 부부가 그런 험난한 세파를 견디고 굳건하게 살아 갈 것을 전망하는 소설적 전략으로 설정한 상황이다. 이 작품은 초반부에서는 태식이와 새댁의 시점으로 번갈아 가며 보여준다. 그러다 태식이가 돼지우리를 건지기 위해 폭우 속으로 뛰어들면서 태식의 시점으로 계속된다. 물속에서 돼지우리와 시름하다 익사할 뻔한 태식이 집으로 겨우 돌아온 이후, 의식을 잃은 이후부터는 새댁의 시점으로 다시 바뀐다. 태식과 새댁의 시점으로 번갈아 교차되면서, 두 사람의 의식, 서로에게 보내는 신뢰와 새로운 자신들이 이루어야 할 가정에 대한 꿈을 함께 공유하고 있다는 것을 보여준다.

이 작품은 체험적 자아가 서술자에게 통합되어 버린 것이다. 서술자이자 체험자인 이 작품의 태식은 자신이 관련된 사건의 내부가 아니라 자신의 외부 세계로 향하고 있다. 체험적 자아와 서술적 자아가 통합되어 있지만, 서술자의 시선은 체험자의 외부 세계로 향해 있기 때문이다.

짧은 단편에서 가난한 신혼부부와 역설적 상황, 서로가 서로에 보내는 신뢰와 사랑, 가난하지만 희망을 잃지 않는 낙천적 꿈, 역설적 상황을 극복하고 꿈을 현실로 바꾸는 억척같은 강인함이 잘 나타나 있다. 그러나 염무웅은 위의 인용문에서 칭찬에서 다시 문제 추구의 포기라는 관점에서 작가를 힐책하고 있다.

> 그러므로 홍수라는 계기를 통해서 미화되어질 것이 아니라 끝까지 인간적 평면에 남아 있어야 하는 것이다. 서두 부분이 일으킨 현실적 문제를 의미있는 갈등으로써 더욱 심화시키고 해결을 향하여 한 걸음 다가서도록 해야 한다는 관점에서 볼 때 이 작품의 잘 짜여진 구성과 흐트러지지 않은 문체는 작가 한말숙이 현실 바깥에서 그것을 관찰하고 묘사하는 미흡감의 심미적 보상에 불과하다는 느낌을 감출 수가 없다.[92]

위의 인용문에서 염무웅이 지적하고 있듯이 이 작품은 작가가 홍수라는 불가항력적인 상황을 설정할 것이 아니라, 평범한 일상 속에서 부부가 자신들의 어려운 환경을 극복하는 상황설정을 통해서 갈등을 심화시키고 문제를 해결해야 한다는 것이다. 그래서 작가가 현실 바깥에서 서 있는 관찰자로서의 미흡감을 '잘 짜여진 구성과 흐트러지지 않는 문체'로 심미적 보상을 받으려는 것 같다는 것이다. 염무웅은 '잘 짜여진 구성과 흐트러진 문체'로 읽을 때는 즐겁지만 읽고 나면 '무언가 허전하다' 는 말이다. 염무웅은 한편의 재미있는 영화를 봤지만, 끝나니까 남는 게 없는 허망함 같은 그런 기분을 말하고 있다.

「신화의 단애」나 「별빛 속의 계절」, 혹은 「장마」, 「노파와 고양이」 같은 작품적 상황은 일반 독자들이 겪을 수 있는 보편적인 상황은 아니다. 「신화의 단애」나 「별빛 속의 계절」 과 같은 작품에 나타난 상황은 전쟁 후의 생존이 위협받는 특수한 상황이나. 그 특수한 상황을 잘 드러낼 수 있는 독특한 개성의 인물을 만들어 낸 것이 두 작품이다. 또 「장마」 도 극한적 상황이 전제되지 않으면 일어날 수 없는 사건을 제시한 것이다, 「노파와 고양이」 역시 노파만이 가지고 있는 특이한 호기심이 전제되지 않으면 이야기 자체가 성립될 수 없는 작품이다. 여기에 문제가 있다. 한말숙은 리얼리즘에서 제시하는 전형적인 인물과 전형적 상황을 고려하지 않고 있다. 초기 작품에서 나타난 극한적 상황이나 독특한 개성의 인물들은 호기심의 대상은 될지 언정 닮고 싶거나 감정이입을 할 수 없다. 그러기에 깔끔한 구성, 매끄러운 문체, 개성적 인물, 등의 다양한 기법으로 독자를 몰입하게 하지만 다 읽고 나면 허망하다. 염무웅은 작가의 그런 상황 설정을 심미적 보상으로 설명하고 있다.

작가가 이런 역설적 상황을 만든 것은 지독히도 가난한 신혼부부가 가난을 벗어 날 길은 위기 상황을 통하지 않고, 평범한 일상을 통해서는 극복할 길이 없음을 나타내기 위한 것이다. 염무웅이 문제의식의 추구 포기라는 것은 결국 비록 부조리한 현실일지라도 강한 극복 의지를 보여주는 인물들을 제시하지 않는다는 것이다. 리얼리즘 문학을 최고의 가치로 생각했던 염무웅은 작품 속에서 강한 주체적 의지를 보여주는 문학을 염원하는 것이다. 그러나 한말숙은 평범한 일상을 통해서 가난한 사람이 가난을 극복하기 힘들다는 전제 아래 그런 현실에 처한 인물들을 적나라하게 보여주는 것이다.

「노파와 고양이」나 「장마」도 위의 「신화의 단애」, 「별빛 속의 계절」처럼 인물시점으로 서술하고 있다. 화자시점서술처럼 이야기 외부의 화자가 내부의 사건을 보면서 서술하는 것이 아니고, 인물의 눈에 보이는 것만 서술하는 인물시점서술을 보여준다. 「노파와 고양이」나 「장마」에서 보여주는 것처럼 화자의 관점이 개입될 틈이 없이 인물이 본 사건과 그의 내면 의식을 보여 줄 뿐이다. 이 시점은 또한 전적으로 인물의 시점에 의존하므로 시점의 매체인 인물이 모든 장면에 나타나야 한다. 「장마」처럼 바라보는 인물이 바뀔 경우 인물에 따라 시점이 변화되기도 한다. 염무웅이 지적한 '문제의 추구의 포기'는 실제 눈으로 특정한 상황 외에는 볼 수 없는 인물시점의 한계이기도 하다. 인물시점의 경우 그 개별적 상황에 대하여 인물의 정서나 심리 상태가 개입되는 정도에 그친다.

③ 그 외 작품들

초기 작품들을 제외한 다른 작품들에서는 '단일한 시간을 통하여 보여주는 단일한 효과'를 주는 단편소설의 특징을 보여주지는 않는다. 그것은 한말숙이 평자들의 작품평을 통한 자기 진단과 자기 수정에 의해서 작품의 경향을 조금씩 변화시켰기 때문일 것이다. 그동안 한말숙이 한국문학계에 별 관심을 기울이지 않다가[93] 자신의 작품 발표 이후 새로운 관심을 가졌다는 징후이다. 염무웅이 문제 추구를 위해 평범한 일상을 소재로 해야 한다는 말에 귀를 기울였음인지 차츰 소재가 일상적인 삶에 초점을 맞추고 있다. 그러다 보니 자신의 주변 이야기를 소재로 채택, 너무 많은 이야기를 알고 있다 보니, 소설은 장면적 요약보다는 서술이 길어진다. 평범한 일상적인 삶에 소재를 선택하는 것은 바람직한 일이나 장편과 단편, 중편의 양식에 대한 인식이 조금씩 흐려지고 있다는 것은 안타깝고 아쉽다.

「어떤 죽음」, 「Q 호텔」, 「「순자네」, 「흔적」, 「광대 김 선생」 등의 작품에서도 여전히 그 당대 사회에서 소외된 여러 계층의 타자들을 대상으로 객관적으로 그리지만, 작품 현실이 소설적 효과를 위해 만든 현실이 아니고 좀 더 평범한 일상을 대상으로 하고 있다. 「어떤 죽음」, 「Q 호텔」은 위의 「노파와 고양이」, 「장마」 같이 이야기하는 시간과 이야기되는 시간이 거의 같은 작품이다. 반면 「순자네」는 이야기하는 시간과 이야기 되는 시간이 일치하지 않을 뿐만 아니라, 시간대가 분명하지 않은 작품들이다. 그래서 위의 작품들처럼 명쾌한 구성에 핍진성을 보여주지는 않는다. 이 작품은 현실이 자본주의화 되어 가면서 삭막한 인간들의 관계를 집중적으로 조명하고 있다. 반면 「흔적」은 「순자네」와는 달리 극히 따뜻한 인간애를 보여주는 인물을 통해 지금까지의 작품과는 다른 성향을 보여준다.

「어떤 죽음」 역시 이야기 하는 시간은 초점인물 근이 엄마가 새벽 집에서부터 석탄을 캐러 가서 죽음을 맞기까지 겨우 몇 시간밖에 안 된다. 그러나 이야기 되는 시간은 근이 엄마의 의식을 통해서 오하사를 회상하는 며칠 전까지 거슬러 올라간다. 이 작품은 현재 근이 엄마의 행동을 추적하는 부분은 극히 짧고 그녀의 의식을 통해서 오하사를 회상하는 부분은 길다. 그래서 앞의 작품들과 비교해서 긴박감은 떨어진다.

「어떤 죽음」에서도 위의 작품들처럼 불가항력적인 상황이 소설적 전략으로 설정되어 있다. 폐병 환자면서 매일 거시기만 밝히는 남편과 네 명의 아이들을 먹여 살려야 하는 근이 엄마는 임신까지 한 몸이다. 근이 엄마는 임신 5개월의 몸으로 폐병환자인 남편 대신 군사 경계 지역에서 석탄을 훔쳐 생계를 겨우 유지한다. 그런 상황 속에서 강짜가 심해 매일 보채는 남편에게 몸을 주어야하는 지옥 같은 생활의 연속이다. 근이 엄마는 매 순간 그런 상황을 벗어나고 싶다. 남편이라는 사람은 지겨울 뿐이고 자식들은 그녀의 멍에다.

그녀가 그런 현실을 벗어날 수 있는 것은 환상 속에서 만이다. 그녀는 석탄 훔치는 것을 묵인해주는 오 하사에게 쉽게 넘어가고, 오 하사가 이 지역을 떠나기 전 약속한 데이트를 환상처럼 꿈꾸며 오하사가 자신의 몸을 요구하면 줄 것이라고 스스로에게 다짐한다. 그러나 남편에게 시달린 후의 무리한 육체노동으로 그녀는 갑자기 하복부 통증을 느끼고 하혈을 한다. 결국 죽음에 이르고 만다.

이 작품에서는 근이 엄마의 지옥 같은 상황에서 벗어 날 수 있는 길은 오직 낭만적 꿈, 오 하사와의 하루 밤의 달콤한 데이트다. 죽음에 이르면서 그 낭만적 꿈도 물거품이 된다. 근이 엄마의 죽음을 통해서 현실적으로 근이 엄마와 같은 상황 속에서 극복의 길은 없다는 것을 암시한다. 이 작품에서 근이 엄마는 정상적인 일이 아닌 석탄을 훔쳐서 생계를 겨우 유지하고 있으며, 이도 들켰을 경우 죽음을 불사해야하고, 그마나 사정을 봐주던 오 하사가 떠나면 더욱 더 위험에 처하게 된다. 오 하사의 떠남은 바로 근이 엄마의 죽음을 의미한다.

「어떤 죽음」과는 다르게 「Q 호텔」은 밝은 전망 속에 살아가던 단란한 가정의 파멸을 그린 작품이다. 주인공 인물이 물질적 번영을 꿈꿀 때 다른 가족은 소외되고 사물화 될 수밖에 없다. 그 소외의 결과는 남편의 외도와 교통사고로 인한 자식의 죽음으로 드러난다.

작품의 서두는 2, 3일 후면 호텔이 개업한다는 기쁜 소식을 안고 목수 일을 하고 있는 남편을 아들과 함께 기다리는 부인을 통해서 단란한 이미지로 시작한다. 부인은 공책, 사탕, 담배 등속을 받아 파는 구멍가게를 한다. 거기다 방에 세를 놓아 십 만원의 현금까지 챙기고 곧 들어 설 호텔로 인해 수입이 오를 전망이다.

한말숙의 초창기 대부분의 작품이 소외된 타자들을 소재로 하기 때문에 작품이 하강 구조를 보여주는 데 비해 이 작품의 3분의 2는 상승 구조를 보여준다. 그러나 남편이 자기 집에 세든 양색시와의 관계를 눈치 챈 후반부터는 하강 구조를 보여준다. 이 하강구조는 남편에 대한 인식의 변화를 통해서 보여준다. 이런 인식의 변화에는 자신의 주변적 상황, 호텔이 들어섬에 따라 수입의 짭짤함에서 오는 자신의 경제력에 대한 자신감이 큰 동인이 된다. 그녀는 남편이 바람을 피든 자신은 이제 돈만 많이 벌고 아들이나 잘 기르겠다고 다짐한다. 그러나 호텔의 개업 날, 아들이 차에 치여 '골이 빠개졌다'는 아우성과 호텔의 째즈 쿵작 소리가 오버랩 됨으로써 대조를 이룬다.

자신들의 팔자를 피게 할 것 같은 호텔 개업이 결국 자신의 불행을 가져다줌으로써, 자본주의적 부의 창출이 결국 인간에게 바람직한 것만은 아니라는 것을 보여준다. 이 작품도 이야기하는 시간과 이야기 되는 시간이 거의 같은 장면화가 많이 드러나는 작품이다. 작품의 상승구조 때의 밝은 분위기와 남편의 외도 이후의 어두운 분위기가 대조를 이룬다.

「순자네」는 중편 소설이다. 초점 대상이 가족 전체다. 서술자는 가족을 차례로 돌아가며 소개하고 있다. 그래서 너무 많은 이야기를 전달하려다 보니, 서사의 유기적인 관계가 긴밀하게 이루어지지 않고 있다. 여기서 가족 관계를 중심으로 하고 있으면서 서사를 연결하고 있는 서사의 초점은 '돈'이 된다. 그 많은 가족을 먹여 살리기 위해 노력하는 가족들의 '수입'에 초점이 맞춰져 있다. 그렇게 온 가족이 다 돈을 벌고 있음에도 곤경에 처하게 되고 결국 돈 때문에 죽음에 이르게 되는 비극적 운명을 작품에서 그리고 있다. 그러나 왜 그렇게 가족이 다 벌어들이는데도 허덕이는 이유를 '팔자'에 되돌림으로써 작가의 운명적인 세계관을 보여준다. 이 작품은 가족 각자가 생활 전선에서 뛰지 않으면 생존이 불가능한 가족을 중심으로 인간성이 사라진 삭막한 가족관계를 보여주는 작품이다. '순자네'는 다양한 결합으로 이루어진 가족 관계지만 모두 혈연관계로 맺어진 인척간이다. 그러나 이 작품에서는 큰 고모를 왕초로 해서 다른 가족들은 각자 맡은 영역에서 돈을 벌어들이는 특이한 가족이다. 이들 가족에서는 가족이기 때문에 기대할 수 있는 서로간의 따뜻한 정서적 관계는 찾아 볼 수 없다.

「순자네」의 가족관계는 여든 네 살에 아직도 두부 배달을 하고 있는 증조할머니를 비롯, 중풍을 앓고 있는 할아버지, 알콜 중독자인 아버지, 재취로 들어 온 순자 엄마, 행방불명 된 남편을 버리고 친정에 와서 늙은 큰 고모, 소년 과부인 작은 고모, 아버지 전처의 딸 영숙이, 엄마가 데리고 온 순자, 엄마가 재취로 들어와 낳은 태호와 기호까지 4대로 이루어져 있다. 이들은 모두 전세 사글세로 든 판잣집 방 두 칸에 함께 살고 있다. 이들의 가족 구성은 혈연관계도 아니고 친족관계도 아니다. 혹은 혈연으로 혹은 친족으로 모인 집단일 뿐이다. 그래서 가족 간의 친밀함이 없다.

이들의 연관관계를 맺고 있는 것은 '돈'이다. 가족 한사람 한 사람은 자신의 소우주에 갇혀 있는 인물들이다. 그들은 오직 돈과 자신에게만 관심을 가질 뿐 다른 가족 누구에게라도 관심이 없다. 순자 엄마와 함께 밀수품을 파는 큰 고모가 경찰에게 잡혀가 3일간 갇혀 있어도, 가족 누구 하나 걱정하는 사람이 없고 오직 경제적 손익만을 따진다. 증조할머니는 자신이 두부를 판 월급에서 50원을 떼어 매달 성당에 갖다 바치는 것도 성당에 헌금함으로써 자신이 죽은 후 천당을 갈 것이고, 장례식을 알아서 치러줄 것이라고 믿기 때문이다. 중풍에 걸린 아들이나 알콜 중독자인 손자 역시 그녀의 관심 밖이다. 오직 자신의 사후만 걱정한다. 할아버지 역시 자신이 얼마나 살았고, 앞으로 얼마나 살 것인가를 달력에 매일 체크하는 것을 유일한 낙으로 산다. 아버지 역시 술값을 훔치는 데만 관심이 있다. 순자 엄마 역시 네 살 밖에 되지 않는 어린 기호에게조차 관심이 없다.

이 작품의 서사의 발단은 어느 날 남편이 외래품을 살 돈을 몽땅 훔쳐 달아난 사건이다. 다시 남편을 버릇들이기 위해 순자 엄마가 거짓으로 수면제를 먹은 것이 수면제 과다 복용으로 죽음에 이른다. 이어서 남편 역시 목을 매어 자살한다. 순자 엄마의 죽음이나 남편의 죽음은 결국 아무리 살려고 발비둥 쳐도 살아 갈 수 없는, 기반이 없는 사람들의 한계를 제시하는 것이다. 작가가 이야기한 '팔자'인 것이다. 작가가 이런 삭막한 가족관계를 통해 제시하고자 하는 것은 궁핍에 의한 생존 때문에 따뜻한 인간애가 사라진 현실이다. 이 작품에서 술집을 하는 순자 이모의 여유와 가족 한 사람 한 사람이 모두 부지런히 돈을 벌어도 열악한 순자네의 가정경제의 대비는 그 당대 사회가 정상적인 경제 순환보다도 비정상적인 왜곡된 경제에 의존해 있음을 보여주는 것이다. 정상적인 상행위보다는 비정상적인 음성적 경제에 의존하게 될 때 인간성 역시 왜곡, 파탄을 가져 올 수밖에 없음을 이 가족들의 건조한 인간관계를 통해서 보여준다.

이 작품에서는 초창기 작품의 특징을 찾아 볼 수 없다. 이것은 장편 정도의 분량의 이야기를 중편에 담으려니, 무리가 따르기 때문이다. 인물의 의식을 통해서 드러나야 하는 이야기에 서술자의 개입이 많다. 제일 마지막 부분만이 장면화를 통해 보여준다. 순자네 엄마와 아버지의 장례를 치룬 후 집으로 돌아 왔을 때 증조할머니가 자살 때문에 살풀이를 해야 한다며 무당을 데려와 무당의 춤을 추는 장면과 무당을 잡기 위해 나타난 경찰, 무당에 의해 외래 물품들 등이 한꺼번에 쏟아져 나온 장면, 동시에 경찰에게 발각되는 장면들이 오버랩되는 부분은 한말숙의 작품 특징이 그대로 살아난 부분이다.

「흔적」도 중편소설이다. 이 작품 역시 중편 소설이기 때문에 「장마」나 「노파와 고양이」에서 기대하는 단일한 효과를 보여주는 소설은 아니다. 그렇다고 「순자네」처럼 이야기가 분산되어 있지는 않다. 작품의 초점인물인 용직이의 인간적인 따뜻한 시선에 의해서 보여진 직원들의 궁핍한 모습들, 또 사건의 추이가 그려진다. 이 작품은 한말숙의 다른 작품에서 보여주지 않던 초점인물 용직이의 따뜻한 인간애가 사건의 발전 과정에 따라 구체적으로 드러난다. 또한 4달째 쉬고 있는 인쇄업을 하고 있는 홍익당 프린트사가 결국 망할 수밖에 없는 경제구조를 밝히고 있다. 자본주의 시장 경제 체제인 만큼 돈이 돈을 벌고 있는 시대이다. 그러나 아직 정부 통제 체제에 있는 개인은 사업을 제대로 하기 위해서는 정부에 끈이 있어야만 생존할 수 있다는 그 당시의 경제 논리도 함께 파헤치고 있다.

위의 「순자네」에서 보여주는 건조한 가족관계와는 다르게 인쇄업 사장을 하는 용직은 자신의 손해를 불사하고라도 직원들의 생계를 위해 동분서주하는 극히 인간적인 모습을 보이는 인물이다. 한말숙의 그전 작품에서는 찾기 힘든 인물형이다.

『흔적』은 치열한 경쟁 속에서 인쇄업으로 직원들을 먹여 살리는 사장이 일거리를 찾지 못해 4달째 직원들에게 월급을 주지 못한 채, 안간힘으로 버티다 잡으려는 일마저도 다른 인쇄업자에게 넘어감으로써 어쩔 수 없이 문을 닫을 수밖에 없는 상황을 그리고 있다. 일상생활을 소재로 한 이 작품의 구성은 극히 시간적인 추이에 따른 자연스런 구성을 보인다.

「장마」나 「노파와 고양이」처럼 인물의 행동의 변화를 추동하는 장면 전환이 빠른 장면화로만 이루어진 작품이 아니고, 장면과 서술이 적절히 어우러진 작품이다. 초점 인물 용직이의 과거와 현실, 다른 인쇄업들과의 관계, 아내와의 관계 등 일상의 유기적인 관계를 통해서 서사가 드러난다. 이것은 용직이라는 인물이 성실하고 합리적이며 놓여진 상황에서 최선을 다하는 인물이기 때문에, 통제적이고 비합리적인 구조를 가지고 있는 정치적인 논리에서는 살아남기 힘듦을 보여준다. 이 작품의 마지막 장면 역시 한말숙 작품의 특징을 그대로 보여준다.

아내가 운영하는 미장원의 전세금에 사채까지 얻어서 입찰에 어렵게 응했지만 낙찰은 다른 인쇄업자에게 돌아간 것이다. 이 작품에서 마지막 장면, 빚을 빨리 청산하기 위하여 모든 사무실

집기까지 정리, 고물상에 팔아 사무실 세를 내고, 마지막 전화기를 판 돈은 아내에게 빌린 돈을 갚자는 생각으로 버스를 타려는 순간의 장면화가 압권을 이루는 부분이다. 버스를 타려는 순간 자식은커녕 아무 것 가진 것 없이 나이만 들어 어느 곳 하나 오라는 곳 없는 자신 회사의 직원이었던 윤 씨를 보자 마음이 흔들린다. 아내에게 갚기로 한 돈 천원을 윤 씨 윗도리 주머니에 넣어주고 버스에 오른다. 용직이 버스를 타고 윤씨를 바라보는 상황을 그린 장면을 한번 보자.

용직은 겨우 숨을 가라앉히며 뒤돌아보았다. 윤 선생은 그제야 막 돌아서서 걷기 시작했다. 그러자 그의 긴 외투자락 밑으로 무엇인가 떨어지더니 바람에 날리기 시작했다. 백 원짜리 지폐였다. 그의 포켓에서 떨어진 것이 단 같은 데에 걸렸다가 흘러내리는지 지폐는 한꺼번에 다 쏟아지지 않고 또 한 장이 그의 발꿈치 뒤에 떨어지더니 길 위에 야트막히 날리고 있다.[94]

위의 인용문에서 바라보는 독자의 정서는 안타까움이다. 용직이 아내의 미장원 전세를 뺀 돈이라 꼭 아내에게 갖다 주어야 하는 돈인 것을 이미 독자는 알고 있다. 그러나 용직은 아무 갈 곳도, 오라는 데도 없는 윤 씨를 보자 마음이 흔들린다. 그 돈을 윤 선생 포켓에 질러 넣어 준다. 인용문에서는 그 낡아 찢어진 포켓으로 돈이 한 장 한 장 흘러나오는 안타까운 장면을 그리고 있는 것이다. 김우종이 한말숙의 작품의 특징으로 꼽은 제일 마지막에서의 반전 구조는 이 작품에서도 여지없이 나타난다.[95] 이 부분은 용직이의 따뜻한 인간애와 윤 씨의 궁핍한 모습, 돈에 대한 환멸을 동시에 보여주는 서술의 압권을 이루는 부분이다.

「광대 김 선생」은 「흔적」과 동시에 발표한 작품이다. 「광대 김 선생」과 「흔적」은 앞의 대상을 서술자에 의해서 직접적으로 그리는 것과는 다르게 작품 속의 다른 인물에 의해서 매개된 소외된 타자를 그리기 때문에, 매개자의 따뜻한 인간적인 시선에 의해서 새롭게 조명된다.

「광대 김 선생」에 나오는 김 선생은 준이라는 인물의 시선에 의해서 보여진 인물을 그리고 있다. 준은 대학의 교수이고 서양 음악과 한국 음악에 대한 폭넓은 이해를 보여주는 인물이다. 그는 서양 악기나 한국 악기가 가지고 있는 나름대로의 독특함을 함께 아울러 새로운 곡을 만든다는 것이 얼마나 어려운지 충분히 알고 있는 인물이다. 하지만 현대 음악을 지향하는 작곡가로서 당연히 이루어 내어야 하지만 그것이 쉬운 작업이 아니라는데 고민을 가지고 있는 인물이다. 그러나 이 작품의 초점 대상인 김 선생이 국악을 시대에 맞춰 현대화하려는 시도들이 전혀 엉뚱하게 느껴지면서, 심리적 갈등은 더 깊어진다.

김 선생은 특별한 음악 교육이나 훈련을 받지 않고도 천재적인 재능을 가지고 있는 인물이다. 그의 천재적인 재질은 여성들에게 또 다른 매력으로 다가가고 그것을 이용, 여성들은 순박한 그를 점점 혼란에 빠뜨린다. 사회가 현대화, 자본주의화 됨으로 전통 음악도 점점 현대화라는 미망을 따를 수밖에 없다. 제자들은 차츰 줄고 돈벌이도 줄어든다. 그동안 천재적인 감각만으로도 최고의 자리를 누렸던 김 선생의 불안은 국악을 현대화하려는 어설픈 노력으로 나타난다. 화자가 보기에는 그의 그런 노력이 딱하고 안타까울 뿐이다.

이 작품은 1950, 60년대에 모든 학문이 서양화됨에 따라 우리의 독특한 정서를 지닌 국악까지도 서양화를 지향하지 않을 수 없는 안타까운 현실을 김 선생을 통해서 드러낸 것이라 할 수 있다. 동서양의 악기 연주자 중에 어느 누구도 그를 흉내 낼 수 없는 훌륭한 연주자인 김 선생이 먹고 살기 위해서, 어설프게 흉내 내는 상황들을 화자에 의해서 안타깝고 따뜻한 시선으로 그려내고 있다.

「광대 김 선생」(1963.11)과 「흔적」(1963.11)은 거의 동시에 발표한 작품이다. 객관적 세계의 소외된 타자에 대한 시선이 처음 「별빛 속의 계절」, 「신화의 단애」에서 이어져 「노파와 고양이」, 「장마」에서 보이던 냉혹한 시선에서 「흔적」, 「광대 김 선생」에 와서는 대상에 대해 따뜻한 인간적인 모습으로 변화한다. 물론 위의 네 작품과 「흔적」, 「광대 김 선생」은 소설 기법이 다르다.

위의 네 작품에서는 대상을 어떤 매개자의 눈으로 보여진 것이 아니고 대상을 직접적으로 그리고 있기 때문이다. 그러나 「흔적」

이나 「광대 김 선생」은 대상을 매개하는 다른 시선에 의해서 그려지기 때문에 매개하는 자의 따뜻한 인간애에 의해서 보여진 대상을 그리고 있다. 또 다른 이유는 염무웅이 지적한 것처럼 위의 네 작품을 비롯한 대상을 냉혹하게 바라보는 작품은 작가가 자신의 세계와 전혀 교유할 수 없는 세계를 다루고 있는 반면 이 두 작품은 자신의 세계와 교유 가능한 세계를 다루고 있기 때문이다. 그러기 때문에 작품 속의 정서가 냉혹함으로 혹은 따뜻함으로 나타나는 것은 염무웅이 말한 작가와 작품의 현실과 서로 교유 가능한 세계냐 아니냐에 따라 달리 나타나는 것이라 볼 수 있다.

초기 작품에서 보여주는 작가와 전혀 교유 관계가 없는 시대 산물인 주변인 '타자' 들과 「흔적」이나 「광대 김 선생」처럼 그들의 세계를 이해 할 수 있는 자기 주변의 소외된 '타자'의 작품 세계는 전혀 다르게 나타난다는 것을 보여준다. 「흔적」이나 「광대 김 선생」은 자신의 주변 이야기를 소재로 한 작품이다. 「흔적」은 인쇄업을 하는 출판사의 주변 이야기이며, 「광대 김 선생」은 가야금의 대가인 김윤덕 선생 이야기이기 때문에 한말숙의 주변 이야기라고 할 수 있다. 주변 가까운 사람들을 형상화 할 때는 대상과의 인간적인 교유 관계 때문에 완전히 객관적 시선으로 그리기는 힘들다. 또 자신의 주변 이야기이므로 그만큼 아는 내용이 많기 때문에 단일한 효과를 내는 단일한 정서는 기대하기 힘들다. 즉 단일한 정서적 효과를 향해 한 곳으로 모아지는 것이 아니라, 다른 곳에서 머뭇거린다. 그래서 이야기는 흩어지는 느낌을 준다.

「흔적」에서 인쇄업과 고리를 맺고 있는 관공소의 관행들에 대한 집중적인 조명이 필요함에도 지나가는 이야기로 끝을 맺고 서둘러 다음 이야기로 넘어간다.

이윽고 현관에서 사무원이 종이를 말아 들고 나왔다. 모두들 우우 일어섰다. 용직은 잠시 숨이 막혔다. 게시판에 불이 켜졌다. 그는 침착하게 선 자리에서 곧장 사무실로 걸어갔다.
그가 서류를 도로 찾아오는데, 엄 씨들은 아까 섰던 자리에 멍하니 모여 서 있다.[96]

이 부분은 초점 화자인 용직이 아내의 미장원 전세금까지 빼어내고 사채 빚까지 얻어, 입찰에 응했지만 입찰에 떨어졌다는 내용을 전하는 부분이다. '용직은 숨이 막혔다'에서 이어 '서류를 도루 찾아 왔다'라는 몇 마디 문장으로 마무리 된다. 앞의 관공서의 입찰 부분이 구체적으로 제시되어야 부당한 현실에 대한 인식이 가능하다. 그러나 구체적인 서술이 생략되어 독자는 혼동에 빠진다. 그래서 서술의 초점이 윤 씨에 대한 연민에 있는지, 부당한 현실에 있는지 모호하다.

「광대 김 선생」 역시 마찬가지다. 김 선생을 바라보는 따뜻한 시선이 독자에게까지 전달되려면 김 선생의 재능이 좀 더 구체적으로 드러나야 한다. 그리고 현실에 적응하려는 그의 구체적인 노력들이 좀 더 세밀하게 제시되어야 한다. 그런데 작품 속에는 김 선생의 여성편력이 더 큰 비중을 차지한다. 그래서 주제가 흩어진다.

2) 가족적 친밀성과 타자 윤리학

① 정체성에 대한 갈등

레비나스는 인간이 가지고 있는 근본적인 에로스를 타자관계를 구성하고 지속시키는 원동력으로 보고 있다. 일반적으로 에로스는 관능적이고 미적인 인간의 욕망을 지칭한다. 에로스는 자기 정체성을 찾게 하는 행위로 나타나며 인간의 자기 욕망을 자연스럽게 발생시킬 수 있는 동기가 된다. 이 에로스는 인간의 여성성과 관련이 있다는 것이다. 프로이드에 의하면 에로스는 사랑과 창조, 충동적인 감각, 성욕의 주체 또는 오이디프스의 콤플렉스를 지닌 인간의 본성으로 지칭되기도 한다. 레비나스에게 에로스의 근거는 친밀성에 있다. 가족적인 친밀성은 '나'의 생명적인 성장을 가져온 원초적인 감성을 의미한다. 즉 에로스는 '나'의 자손들, 아들, 딸과 같은 종적인 관계를 통해서도 실현된다. 에로스적 사랑은 자기 정체성을 자신 밖에서 실천하는 것을 목적으로 한다. 이것은 '나' 밖의 현실인 타인들 속에서 자신을 실현해 나가는 과정이며 '나'를 객관화시키는 방식이기도 하다.

한말숙이 결혼하기 전까지 가족 밖에서 자신의 존재의식을 찾았을 때는 문제없던 자신의 정체성에 혼란을 느낀 것은 결혼 이후였다. 결혼 이후 삶의 존재방식에서 오는 혼란이었다. 결혼하기 전까지 '나'로만 존재했던 삶의 양식이 이제는 '아내'로 '엄마'로의 삶의 양식에 혼란을 느끼면서 자기소외를 경험하게 된다. 여기서 자신의 정체성의 혼란을 극복하기 위해서는 가족 공동체 속의 '나'에 대한 새로운 자기 정립이 필요한 것이다. 그 이전에 낯선 이웃들의 아픔을 통해서 자기 동일성을 찾던 한말숙은 가족과의 관계성 속에서 자신의 동일성을 찾아야만 행복한 주부로서 자신이 바로 설 수 있는 것이다. 즉 여성으로서의 자기 정체성에 관심이 없던 한말숙이 결혼을 통해서 새롭게 여성에 대한 관심이 시작된 것이다. 자신의 욕망이 자기 자신으로부터 가족 속의 자신으로 바뀌는 것이다. 자신의 존재를 떠나 자신과는 다른 '주부'로 표현되는 것이다. 이제부터 '나'는 가족과의 동일성을 통해서 표현되는 것이다. 이제 가족은 '나'의 흔적이다. 그러기 때문에 객관적 세계와의 거리는 소멸된다.

한말숙은 주변 이야기를 소재로 쓴 작품을 몇 편 발표한 후 아예 작가 개인의 실체 체험한 이야기를 소재로 작품화하기 시작한다. 그것은 한말숙이 결혼 후 4년이 지난 후부터였다. 그 때부터 가부장적 세계 속에서 겪는 여성적 체험, 즉 육아, 작가로서의 글쓰기, 가사 노동, 가부장적 세계에서의 여성이 감당해야 할 역할 등으로 인해 여성 주체성과 관련, 갈등을 겪을 시기였다.

「어느 여인의 하루」(1966.3)를 시작으로 「아기 오던 날」, 「신과
의 약속」, 「잃어버린 머플러」, 「초콜렛 친구」, 「아들의 졸업식」,
「수술대 앞에서」 등을 지속적으로 발표한다. 이런 자신의 체험을
바탕으로 한 작품에서는 위의 객관적 세계의 냉혹한 시선과는 다
르게 대상과의 거리는 사라진다. 자신의 체험을 바탕으로 한 작
품의 대부분은 한말숙의 가족을 대상으로 쓰여진 작품이다. 이
는 가족 구성원들이 자신과 일체감을 이루는, 바로 자신과 동일
시된 인물들이기 때문에 거리감은 당연히 사라질 수밖에 없다.
그렇기 때문에 간결한 문체의 드라이한 분위기는 따뜻한 정서적
언어들로 변한다.

　위의 객관적 세계를 다루는 작품들이 인물시점 서술의 특징들
을 따르고 있다면, 자신의 실제 체험 이야기를 소재로 한 작품들
은 주로 화자시점 서술을 선택하고 있다. 화자시점 서술의 특징
은 객관적 세계가 사라진 가족과의 친밀성 속에서 드러난 작가의
세계관이나 인생관을 드러낸다는 점이다. 화자가 특정한 관점으
로 이야기에 개입한다는 것이다. 따라서 화자시점 서술은 인생
의 축소판인 전체 이야기를 보는 위치에서, 그 전체를 보는 화자
의 눈을 개입시키는 입장에 있게 된다. 예를 들어 보자.

　① 강의를 하지 않으면 그만큼 시간이 생기겠으나 현숙은 무리하면
서 시간 강사를 그만두지 못하고 있다. 집에만 있으면 늙어버리는 것
같아서다. 늙는다는 것은 식견이나 감각이 줄어든다는 뜻이다. 가르

치면 자연 공부를 하게 되고, 젊은 세대와도 접하게 되니, 그녀는 일거양득이라고 생각하고 있다. 별 소득이 없다고 생각될 때 그녀는 사직할 것이다.[97]

② 한 남성 때문에 웃고 화내고 하는 자신이 조그만 울안에서 때로 창공을 그리워하고 때로 행복에 겨워 노래에 겨워 노래도 하는 새장에 갇힌 새 같은 느낌이 퍼뜩 들었다.[98]

③ 인턴 정도의 여의사는 믿을 수가 없었다. 그녀도 여자이면서 의사만은 여자를 신뢰할 수 없는 것이 겸연쩍으나 생명에 관한 일이니 체면 따위 차릴 겨를은 없다.[99]

위의 세 인용문은 각기 다른 작품을 인용한 것이다. 각기 다른 작품임에도 화자의 세계관이 똑같이 드러나는 부분이다. 화자의 눈으로 보는 행위는 실제의 눈으로 보는 행위뿐만 아니라 과거와 현재 이야기를 머릿속에서 총괄적으로 되돌아보는 행위이다. 위의 인용문들에서 보는 것처럼 화자가 자신의 삶에 비판적인 시각을 보여주고 있음에도 가족에 동화되어 있는 화자의 세계관을 보여준다. 특정한 부분에 대해서 서술 할 때에도 전체 이야기나 인생에 관련된 세계관을 틈입시키는 이유는 여기에 있다.

「어느 여인의 하루」의 화자는 아이 셋 달린 주부로서, 대학에 강의를 나가며 소설 창작을 하는, 하루를 고단하게 사는 인물이다. 작품 속 화자는 어쩔 수 없이 자신이 선택한 결혼, 그로 인한 육아나 집안과 관련된 일상사에 책임을 지려고 하지만 끊임없이 자의식적인 의식과 갈등으로 시달린다. 엄마를 찾는 아이들의 성화에 시달리면서 강의를 하고 창작을 하는 것은 '엄마'나 '아내'가 아닌 자기 자신으로 살아가고 싶은 자유에 대한 염원이 있기 때문이다. 작품 앞부분의 친구 기옥의 편지는 바로 그런 인물의 염원을 배치시킨 것이다.

기옥은 남편과 이혼하고 아이 둘까지 한국에 두고 독일에 유학 간 친구다. 자유롭게 서양인들과 연애를 하면서 이제 곧 박사학위를 받을 것이라고 한다. 또 장편소설도 한편 완성 곧 출판 될 것이라는 그녀의 편지 내용에 화자는 부러움을 감출 수 없다. 기옥의 자유 의지는 자신을 실현하려고 하는 모든 여성의 꿈이다. 기옥의 편지를 첫 부분에 배치시킨 것도 이런 작가의 의도가 작용하고 있는 것임을 보여준다. 그러나 마지막 부분에 기옥의 편지에 대해 '부럽다'는 답장을 쓰다 아이의 울음소리를 듣고 찢어버리는 것은 자신이 선택한 결혼에 책임을 지기 위해서는 자기 자신의 자유나 실현에 대한 욕망을 접을 수밖에 없음을 보여준다.

이 작품이 전체적으로 보여주는 정서는 초조다. 한말숙의 다른 작품에서는 잘 드러나지 않는 갈등이 이 작품에서는 자신의 내적 갈등으로 드러난다. 작중 화자는 연재 중인 소설 마감을 앞에 두고 있다. 잡지사에서 다른 원고들은 이미 인쇄마저 끝난 상태라는 것이다. 그러나 원고를 써야 할 작중 화자는 이제 겨우 두 달 밖에 안 된 막내를 비롯, 한참 장난 심한 아이들 성화에, 거기다 강의에, 여기저기서 걸려 오는 전화 성화에, TV 토론에, 시고모님 병문안에, 시시콜콜한 일상사로 시달리고 있다. 화자는 자신이 시간을 투자해야 할 부분은 정작 아이들 양육과 강의, 원고 쓰기이다. 그러나 중요하지 않은 일상적으로 감당해야 하는 일들이 끊임없이 그녀를 괴롭힌다. 그 모든 것을 다 거절할 수도 없기 때문에 순간순간 갈등에 시달린다. 그 갈등의 이면에는 남성 위주의 가부장적 사회가 지배하는 사회가 있다.

① "여보게, 오랜만이네. 태호 아빠 오셨나? 늦으시는 게로군. 다름 아니고, 내일 영희 아빠 생일이니 내외 아침이나 먹으러 오게."

큰 동서다.

"내일 밤에 가지요. 오전 오후는 시간이 없어요."

"왜 학교 가나?"

"네."

"자넨 학교는 무엇하러 나가나. 태호 아빠 돈 잘 벌겠다. 참. 나 ……"[100]

② "내일 밤 여섯시에 미스터 브라운 내외를 청하기로 했어."

"저녁 식사로?"

"응, 모래 떠난대. 내일 밤에 시간이 없어. 신선로나 하고 간단히 하지."

간단히 하더라도 시장 보느라 요리하느라 몇 시간은 버려야 한다. 내일 낮에 글쓰기는 글렀다.[101]

위의 인용문 ①에서 보여주는 것처럼, 화자의 공적인 생활을 화자의 한 개인에 관련된 것이 아니라 전적으로 남편과의 관계 속에서만 파악하려는 큰 동서를 통해서 그 당시의 여성에 대한 왜곡된 시선을 보여준다. 가정에서의 남편과 아내의 바람직한 성역할 분담은커녕 인용문 ②에서 보여주는 것처럼 남편은 부인에게 다음날의 계획이나 할 일에 대한 어떤 의논도 없이 일방적으로 손님 초대를 통고한다. 아내의 내학 강의나 원고 쓰는 것은 일고의 가치 없는 것으로 무시된다. 위의 두 인용문에서 보여주는 것은 여성을 한 개인의 인격체보다는 가정에 예속된 주부로 파악하기 때문이다. 화자 역시 이런 가부장적 세계에 적극적으로 대응하지는 않는다. 오히려 세계와의 대결보다는 자신의 내적인 갈등으로 처리된다.

그녀는 펜을 들었다. 그러나 한 자도 써지지 않는다. 머릿속이 뒤죽박죽이다. 가슴에서 뜨거운 것이 치밀어 폭발할 것 같다.

(어째서 써야 하나?)

(너 때문이다.)

(어째서 쓸 수 없는가!)

(네 탓이다.)

그녀는 자문자답 한다.

(속세와 영의 세계를 함께 살려고 하는 네가 원인이다. 히히)[102]

위의 인용문에서 보여주는 것처럼 '뜨거운 것이 치밀어 폭발할 것 같다'는 원인을 밝혀내어 거기에 대처하는 것이 아니라, '속세와 영의 세계를 함께 살려는' 자기 자신에게 문제의 원인을 돌림으로써 갈등은 무화된다.

이 작품의 화자는 자신의 일과 관련된 충분한 주체적 의지를 가지고 살아가는 인물이다. 그렇다 하더라도 여성이기에 어쩔 수 없이 가족을 위해 희생할 수밖에 없다고 생각하는 내면화된 가부장적 세계관을 가지고 있는 인물이다. 즉 여성의 사회적 역할에 부정적인 의식을 가지고 있고, 일을 매개로 한 자신의 실현에도 별 관심이 없다. 여성에게 일은 그것을 통하여 세계를 확장할 수 있는 매개체이다. 또 일을 통한 성취는 자신에 대한 확신으로 이어지고, 자신에 대한 신뢰를 줄 뿐만 아니라, 그것은 타인에게까지 연장된다.

그러나 화자는 자신이 하고 있는 일에 대해 사회적 인식도 없이 지금 현재 쓰고 싶기 때문에 쓸 뿐, 쓰기 싫으면 쓰지 않겠다는 즉흥적인 인물이다. 자신이 강의를 계속하는 것도 자신의 식견이나 감각이 줄어들까봐 하는 것이고, 별 소득이 없다고 생각되면 그만 둘 것이라는 생각을 가지고 있다. 이 작품에서 많은 양을 할애하고 있는 것은 아이들 육아에 관한 것이다.

가족을 포함한 타자의 얼굴은 자아의 분신들이거나 자아를 볼 모로 잡은 '나'의 근원들이다. 즉 주체는 타자들에게 대해 볼모로 잡혀 있기 때문에 그들에 대해 '나'를 희생시켜야 하며 이것을 통한 자기 정체성을 정립해야한다. 가족에 대한 자기희생은 레비나스의 타자철학에서 타자에 대한 책임감과 함께 인간이 희생해야 할 의무의 하나이다. 이것은 타자에 대한 무조건적인 복종의 윤리를 낳게 하는 배경이 된다.[103] 여기에서 주체는 여성뿐만 아니다.

「아기 오던 날」(1967. 5)은 한말숙의 창작 활동이 소극적인 단계로 접어드는 시기에 발표한 작품이다. 그렇기 때문에 작가의 경험적 자아인 화자는 자기 소외를 보여주는 인물이다. 이 작품에서는 「어느 여인의 하루」처럼 일로 인해 일어나는 팽팽한 갈등은 없다. 아기 출산 후 병원에서 퇴원, 가정으로 돌아와 남편의 귀가가 늦자, 남편의 무관심을 탓하며 자기 소외로 인한 비틀어진 심리를 보여준다. 대학을 나왔고 재능이 있음에도 가정주부로 눌러 앉은 화자는 남편의 돈으로 불편 없이 지내고는 있으나, 자신이 보잘 것 없는 인간으로 주저앉아 버린 것 같아 아쉬워하는 인물이다. 자신의 재능을 사회에서 마음껏 발휘해 보겠다고 결심하지만, 화자는 사회에서의 자기 역할에 대한 관심보다는 아녀자로서 남편의 사랑을 받고 싶은 열망만이 드러난다. 남편에 대한 과도한 사랑의 욕망은 자기 소외로 나타나고, 다시 그 소외를 극복하기 위해 물질적인 욕망으로 치환된다.

화자는 돌이 지난 아이의 '이게 무어냐'는 딸 아이의 철학적인 질문에 부정적인 생각을 가진다. 즉 굳이 철학을 하겠다면 할 수 없는 일이나 부모로서는 평범하고 세속적인 행복을 누릴 수 있기를 바란다. 건전하고 행복한 남성의 사랑받는 아내가 되는 것이 한결 바람직한 일이라고 생각하는 가부장적 의식이 내면화된 여성이다. 이런 인물에게 우주는 바로 남편이다. 결혼 한 후 사회적 활동을 접고 가정에서 아이들과 씨름하는 여성에게는 남편이 사회적 매개체가 된다. 그러나 남편들은 연애 할 때처럼 부인에게 애틋한 사랑을 주지 못한다. 관심 분야가 애인에서 대 사회적인 것으로 또 가장으로서의 책임감 등 다양해지기 때문이다. 그럴 때 여성은 자기 소외를 느끼면서 남편에게 더 집착하게 된다. 그러면 소외감은 더 커질 수밖에 없다.

한 남성 때문에 웃고 화내고 하는 자신이 조그만 울안에서 때로 창공을 그리고 때로 행복에 겨워 노래도 하는 새장에 갇힌 새 같은 느낌이 퍼뜩 들었다.[104]

위의 인용문에서처럼 화자는 자신의 우주인 남편에 따라 울고 웃는 새장에 갇힌 새와 같은 소외감을 느낀다. 결국 소외감은 남편에게 에메랄드 브로치를 사 달라고 조르는 것으로 사랑을 확인하고 싶어한다. 결국 브로치는 남편의 사랑과 등가물인 것이다.

"여유가 없다니 그 때 양탄자 사고 남은 돈 어떡했지요?"

영숙이 준원의 뒤통수를 보며 말했다.

"요새는 어느 업체나 돈이 잘 안 돌아"

"업체라니요. 나는 그런 범사회적 현상과는 관계없어요. 제가 그것을 살 수 있는가 없는가만이 문제지요."[105]

위의 인용문에서 보여주는 것처럼 화자는 남편의 불경기라는 말에도 아랑곳없다. 남편으로부터 느끼는 자기 소외는 자신에 대한 불신감으로부터 오고 결국 남편에 대한 불신감으로 이어진다. 오직 자신은 에메랄드 브로치 '그것을 살 수 있느냐 아니냐'로 사랑을 확인하려는 화자의 태도는 자기 소외에 대해 그 만큼 절실함을 드러낸 것이다. 여성들의 이런 자기 소외의 감정은 철저한 자기 분석을 통해서 극복이 필요함에도 마지막에 남편의 사랑을 재확인함으로써 자기 위로로 끝을 맺는다.

「신과의 약속」(1968. 8)은 가족에 대한 헌신적인 어머니의 사랑이 식중독으로 입원한 딸을 통하여 잘 나타난다. 위의 「어느 여인의 하루」나 「아기 오던 날」은 자신의 대 사회적 역할에 대한 미련 때문에 자신의 내적 갈등이 미세하게 드러나지만, 「신과의 약속」에서 갈등은 거의 드러나지 않는다. 화자는 '사랑하는 사람을 사랑해 주는 것보다 더 의의 있는 일을 그녀는 아직 발견 못했기 때문이다'며 가족에 대한 헌신을 가장 의미 있는 일로 꼽는 인물이다. 위의 작품도 마찬가지지만 가부장적 의식이 내면화된 이런 화자에게는 가족은 바로 자기 자신이다. 가족과의 자기 동일시는 가족의 행복이 자신의 행복이고, 가족을 통해 자기 자신의 존재 의식을 드러내게 된다. 그러나 완전히 자기 갈등이 사라진 것은 아니다.

> 그러나 집안에서 아이들 돌보기며 남편만을 바라보고 산다는 것이 마치 도를 닦느라고 깊은 산 속의 나무 밑에 앉아서 움직이지 않는 도사를 연상시킨다. 도사는 앉아서 진리를 깨닫는지 모르나 영희는 다만 질식할 것이다. 도대체 사랑을 위해서 인간은 어디까지 헌신해야 하는지. 그 한계가 무엇일까. 나는 남편과 자식을 위해서 어디까지 시간을 빼앗겨야 하는지. 그 한계가 무엇일까.[106]

위의 인용문과 같은 갈등은 순간적인 갈등으로 해소될 뿐, 더 이상 이어지지 않는다. 가족에 대한 지극한 사랑만이 주조를 이루는 작품이다. 딸의 식중독으로 인한 고열의 위기 상황 속에서 화자는 누구에게나 빌고 싶고 매달리고 싶은 심정이다. 그때 화자는 기도로 딸을 살려주면 신을 믿겠다는 약속을 하게 된다. 그러나 위기 상황을 벗어나면서 신과의 약속은 잊는다. 그러다 퇴원 무렵, '뒤를 잡아당기는 듯한' 무언가 빠뜨린 것 같은 느낌에 신과의 약속을 다시 생각한다. 그러나 인간을 너무 사랑하기 때문에 신을 믿는 것은 좀 더 기다려야겠다고 마무리한다.

② 내 안의 타자—여성적 글쓰기

　결혼 이후 1960년대에 쓰여진 작품들이 한말숙의 자기 정체성에 관한 갈등을 다룬 작품이 대다수를 이룬다면 1980년대 이후 쓰여진 작품들은 인간에 혹은 인생 전반에 대한 관심을 보여주는 작품들이다. 한말숙의 초창기 작품이 문학적 형상화에 대한 관심에서 비롯된 냉혹할 정도의 객관적 태도라면, 1980년대 이후부터는 자신 주위에 일어나는 일상적 세계를 특별한 형식에 구애되지 않고 담담하게 그려나간다. 이것은 초창기는 야망을 가지고 객관적 세계의 문학적 형상화를 시도했다면, 1960년대 결혼 이후부터는 관심의 폭이 문학 자체에서 자신과 주위 이웃으로 옮겨지기 때문이다. 이로 인해 훌륭한 작품을 쓰기 위해 필요한 작품 형상화에 대한 욕망은 사라지면서 주위의 이웃, 인생 자체에 대한 관심으로 작품 세계가 변화된다. 이런 현상으로 인해 초창기의 한말숙의 작품 특징이라 할 수 있는 문체의 간결함, 직설적인 수법, 주어가 생략된 문장, 수식어가 없는 짧은 단문의 연속, 빠른 템포의 대화, 공감각화를 통한 장면화 등의 특징들도 사라진다.

　거창하고 무엇 굉장한 문제의식 같은 것을 담은 것 같은 소설은 점점 더 읽기 도싫고, 쓰기도 싫어졌다. 진실은 조용하고 확실한 가운데에 있는 것이다. 문학의 美도 참모습도 그런 것이다.[107]

위의 인용문에서 보여주는 것처럼 한말숙은 문학적 진실을 '조용하고 확실한 가운데 있는' 것으로 보고 있다. 그러면 '조용하고 확실한'은 무엇을 의미하는가? 이 인용문은 「수술대 앞에서」를 발표하면서 쓴 글이기 때문에, 이 작품을 통해서 추론한다면 담담한 일상적 경험 속에서 무언가 섬광처럼 떠오르는 확실한 메시지를 찾아가는 것이다. 「수술대 앞에서」는 자궁 근종으로 수술을 하러 들어가는 수술대 위에서 죽음의 예비 체험을 통해서 죽음에 대한 새로운 인식을 하게 되는 이야기이다. 이 작품은 과거 초창기의 단일한 상황에 의한 단일한 정서적 표현을 위주로 한 작품들과는 달리 주위 비슷한 체험을 한 친구들의 경험, 혹은 자신의 과거를 돌아보면서 죽음에 대한 총체적 인식을 하려는 서술 구조를 보여준다.

이 역시 초창기의 작품 세계와는 거리가 있다. 「별빛 속의 계절」이나 「신화의 단애」는 그 당대에 문제되었던 실존주의 의식이나 아프레 걸의 형상을 작품화한 것이었다. 이것은 대상에 대한 냉혹할 정도의 객관적 태도는 초점 인물이 놓여진 상황 속에서는 철저한 자기 규명일 수 있지만, 인생의 전체적인 유기관계 속에서 보면 역시 한계를 가질 수밖에 없다. 그 당대의 평론가들의 비판 역시 이 맥락에서 이해되어야 한다. 즉 과거와 미래의 단절, 고립된 한 개인의 삶이 인생의 참모습을 보일 수는 없다. 그럴 때 우리는 자신의 횡적, 종족인 관계망 속에 있는 경험 세계로 돌아갈 수밖에 없다.

나도 한때는 인칭이며, 시간이며 장소며, 또한 테마며, 플롯 등을 펜을 들기 전에 이리 저리 재보고, 따져보고, 두들겨 보았었다. 그것은 문학을 손아귀에 넣고 있는 잠재의식 때문이었을 것이다. 지금은 문학이라는 광활한 천지에 서서 (문학이 아니라 인생이라 해도 좋다) 잡은 것도 같고, 안 잡은 것도 같은, 또한 잡아도 안 잡아도 괜찮은 것 같은 묘하게 서두르지 않는 심정이라 글이 이렇게 되는지 어쩌면 A여사가 느낀 눈에 보이지 않는 그 무엇의 힘 때문에 펜이 이렇게 움직여지는지도 모른다.[108]

위의 인용문은 그 당시 한말숙의 문학에 대한 총체적 표현이다. 위의 인용문에서도 제시한 대로 인칭, 배경, 테마, 플롯 등의 조그마한 범위를 벗어나 문학 혹은 인생의 큰 틀 안에서 글을 쓰겠다는 것이다. 그리고 그것이 잡히면 잡히는 대로 잡히지 않으면 잡히지 않는 대로 쓰겠다는 것이다. 심리적 여유가 생겼다는 것이다. 인용문의 '눈에 보이지 않는 힘' 이것은 진리를 이끄는 힘일 수도, 문학을 문학이게 하는 힘일 수도 있다. 아무튼 사소한 소설의 기법에 매달리지 않고 이끌리는 대로 쓰겠다는 것이다. 이것은 여성적 글쓰기에서 김미현이 말한 환유의 언어와 맥이 닿아 있다.

확신감에 차 있으면서 잘난 척하는 어조의 남성적 언어와는 달리, 여성들은 보잘 것 없고 잡스러운 자신의 일상을 이것저것 늘어놓기에 인접성에 토대를 둔 환유의 언어를 구사한다. 이럴 때 여성의 언어는 대상이나 흔적을 선택하지 않고 배열한다. 유일한 중심에 의해 지배되지 않으면서 불균등하게 분산되거나 산종

되는 언어가 바로 환유의 언어이다.[109] 「수술대 앞에서」, 「아들의 졸업식」, 「초콜렛 친구」, 「어느 소설가의 이야기」 외에 최근에 쓰여진 「덜레스 공항을 떠나며」, 「이준 씨의 경우」 까지 바로 이런 일상적 경험 속에서 무언가 잡힐 것 같은 사소한 문젯거리를 소재로 작품화한 것이다.

「어느 소설가의 이야기」(1982)에서도 마찬가지다. 이 작품은 두 가지 서술 방향을 보여주고 있다. 메타픽션 글쓰기를 통해 자의식적 글쓰기가 그것이며, 두 번째는 소외 빈곤 계층에 대한 작가의 의식을 드러낸다.

메타픽션은 글쓰기 자체를 돌아보는 자의식적 글쓰기이다. 초점인물 A인 여성 소설가와 작가의 경험적 자아이면서 서술적 화자 한 여사가 서로 빈곤 소외계층에 대한 서로 의견을 교환하는 서사이다. 두 인물의 등장은 이야기의 객관적 서술을 위한 전략일 뿐 동일 인물이다. 모두 문학 창작에 대한 본질적인 물음을 통해서 드러나는 자의식적 글쓰기와 타자와의 관계를 의식의 흐름에 따라 서술하고 있다.

그녀는 광활한 문학 속에서 이제 가느다란 길 같은 것이 조금 보이기 시작했는데, 그것은 펜을 드는 것이 기쁜 것도, 괴로운 것도 아니고, 더더구나 입신양면이나, 말초신경 자극하는 것 같은 글재주 발휘하는 유의 성질의 것은 전연 아님을 확신하게 되었다. 그렇다면 너의 문학은

무엇이냐고 물으면, 그녀는 그저, 나의 일부라고 우선 대답할 수밖에 없다.[110]

위의 인용문에서 드러나듯 여성 소설가 A씨는 창작에 대한 본질적인 물음을 시작한다. 작가는 자신의 창작은 입신양명이나 말초신경 자극하는 것도 아니며 바로 '나의 일부이다'라는 대답을 한다. 즉 창작은 '자신의 삶의 일부다'라는 것이다. 이 작품의 서술을 따라가다 보면 자신의 일상, 자신의 의식에 따르는 행동을 그대로 진솔하게 보여주면 그것이 바로 작품이 된다는 것이다. 그래서 작품은 소외된 자들에 대한 A씨의 의식과 행동을 따라가며 보여준다.

이 작품에서 보여주는 한 여사, 여성 소설가 A씨로 나타나는 환유의 언어는 하나의 진리, 권위로부터 저항하는 언어를 보여준다. 기존의 글쓰기에 대한 저항하는 언어, 자의식적 글쓰기를 통해 기존에 생각해왔던 글쓰기에서 진리라고 행해져 왔던 언술을 해체한다. 이 작품은 글쓰기(혹은 전반적인 인생)에 대한 자의식적 글쓰기를 통해, 지배 언술을 해체하고 권위적인 것에 대한 저항을 통해 탈중심적이고 일탈적인 서술을 보여준다.

소설가 A씨는 주로 신문 사회면에 기사화된 내용을 통해서 사회에서 소외된 타자들을 안타까워하는 인물이다. 또 소외된 타자들을 위해 자신이 도움을 줄 수 있는 방법을 찾아 실제 도움을 주면서, 삶에 대한 진지한 물음뿐만 아니라, 창작에 대한 물음까지 이어간다. 즉 A씨의 의식은 '형상화만이 예술이다'라는 강박 관념에서 그 형상화를 추구했던 정신이 이제 '행동으로' 변해가는 과정을 추적하고 있다.

이 소설은 A씨의 '가난과 사랑'을 위한 인간 순례의 과정을 그리고 있다. 서술자인 작가의 경험적 자아인 한 여사는 A씨의 '가난과 사랑'의 순례에 대해 한 개인의 동정이 얼마나 그 사람을 구원할 수 있느냐에 회의적이다. A씨는 그러나 '동정심이 없다면 인간은 어떤 유형의 인간인가'하고 질문한다. 즉 한 여사는 가난은 국가가 대책을 세워야지, 일개인이 도운다고 해결된 문제가 아니라는 입장에 대해, A여사는 인간이 타자에 대한 동정심이 없으면 동물과는 다를 바가 없다는 입장을 통해 타자에 대한 인간적인 동정의 한계와 그렇다고 불우한 처지에 있는 인간에 대해 냉정할 수만은 없는 작가의 태도를 함께 보여주고 있다. 이런 관점은 레비나스의 타자에 대한 책임감으로 표현된다.

이 작품에서 A여사는 어느 날 조간신문 사회면에 실린 기사, 어느 지진아가 선생님께 맞고 친구 간에 웃음거리가 되어 모욕과 좌절감을 견디다 못해 자살한 기사를 읽는다. 이 기사를 읽은 A여사는 두뇌가 받은 충격으로 그녀의 눈시울이 뜨거워지고 손끝이 저린 경험을 하게 된다. A여사의 이런 반응이 레비나스가 이야기하는 본의 아니게 이웃에게 사로잡힘, 아픔인 것이다. 이 작품은 한말숙의 타자 윤리학을 그대로 보여주는 작품이다.

「수술대 앞에서」[111]는 수술을 앞두고 여러 가지 일어날 수 있는 상념들을 의식의 흐름 기법에 따라 서술하고 있다. 이야기의 구성은 자궁 근종은 암을 유발할 수 있기 때문에 수술을 해야한 다는 의사의 진단—병원에 오기까지의 과정—자궁 척출 한 친구들과의 통화—자기실현을 포기, 주부로서 선택한 과거의 회상—남편과의 수술에 대한 대화—남편과 결혼하게 된 사연—남편 외 연애 할 뻔 했던 다른 남자들에 대한 회상—수술을 앞 두고 가족의 무관심에 대한 섭섭함—수술을 기다리며 죽음에 대한 불안감—죽음에 대한 대비로 자녀들에게 그 후일에 대한 당부 등으로 이어진다.

이런 서사는 수술을 앞에 두고 느끼게 되는 죽음에의 불안감을 통해서 과거 자신의 삶을 돌아보고, 미래를 가족에게 당부하는 극히 인간의 현실적인 모습을 형상화한 것이다. 위의 서술 과정을 보면 이전의 작품에서 보여주는 용의주도한 주제를 향한 서술 행진과는 차별화된 서술 기법이다. 이것은 위에 논의한 여성들은 보잘 것 없고 잡스러운 일상을 이것저것 늘어놓기에 인접성에 토대를 두는 환유의 언어이다. 환유의 언어는 유일한 중심에 의해 지배되지 않으면서 불균등하게 분산되거나 산종되는 언어이다.

가장 최근에 발표한 「덜레스 공항을 떠나며」[112] 「이준 씨의 경우」[113]도 작가의 일상적 경험을 중심으로 한 똑같은 류의 작품이다. 「덜레스 공항을 떠나며」 역시 작가의 경험적 자아인 정숙의 일상을 중심으로 서사가 진행된다. 정숙의 남편이 일 년 전부터 약속된 국제 심포지엄 참석을 위해 출발 한 달 전에 9.11 테러가 터졌다. 화자 역시 남편을 따라 미국 딸네 집에 손자 손녀를 볼 겸 함께 미국으로 출발하기로 했었다. 이 작품의 갈등은 9.11 테러로 인해 심포지엄에 참석할 것인가 아닌가를 두고 고민하는 것으로 시작된다. 미국 방문에서 돌아오는 비행기 탈 때까지 일체의 여행에 관한 것을 구체적으로 서술한 작품이다.

이 작품의 서사의 핵심에는 9.11 테러와 미국 여행에 있다. 이야기의 방향은 이 두 곳을 향해 있지만 그것들과 관련된 수많은 에피소드들을 통해 하나의 전체를 이룬다. 이것은 여성들의 글쓰기는 하나의 대상을 다른 대상으로 대체하는 것이 아니고 계속 다른 대상들의 부분적인 통합을 통해 다원화를 추구하는 속성 때문이다. 즉 여성적 글쓰기는 윤곽을 새기거나 분간하는 일없이 단지 계속 진행될 뿐이다. 이야기가 흘러나오고 다시 다른 이야기가 흘러나와도 허용되는 것이다. 그것을 억제하지 않고 모든 것을 풀어 헤친다. 주인공 화자의 말이 흐르기를 원하는 곳으로 자유롭게 흘러가기를 허용한다. 예를 들면 이 작품의 9.11 테러 때문에 미국에 갈 것인가 말 것인가를 고민하다 결정하는 과정에서 정숙은 동전으로 점을 치는 일부터 신기(神技)가 있다는 친구에게 전화 거는 일까지 두서없이 서술하고 있다. 이런 서술은 정숙의 의식을 여과 과정 없이 드러내는 부분이다.

여성들은 세계를 지배하거나 제어하기 위해 여행을 떠나는 것이 아니라 세계를 이해하기 위해 여행을 떠난다. 이 작품에서 통일성 없이 보이는 서사도 결국 세계를 이해하기 위한 장치이다. 정숙이 9.11 테러 이후의 미국 사회를, 또 미국 주민들의 반응을, 마지막 KAL 비행기가 탈 때까지 두서없이 서술되고 있다. 즉 자신이 그 세계를 이해하기 위해 불안정한 듯 멈칫거리며 여행의 행적을 따라 서사를 진행한다. 여성의 서사는 발전의 서사가 아니라 생존의 서사이기 때문이다. 마지막 비행기가 도착하자 여행에서의 무사함에 감사했다는 것은 바로 이런 여성의 서사를 확인되는 것이다.

정숙은 신들린 순애에게 줄 볼펜 한 쎄트를 기내 쇼핑에서 샀다. 비행기는 무사히 인천공항에 도착했다.
「갔다 오길 잘했지?」
「그럼요!」
그들은 떠나기 전 거의 한 달을 가나 마나하고 속을 태운 것은 까맣게 잊어버리며 공항을 나왔다.[114]

위의 인용문에서 '신들린 순애'는 정숙의 여학교 친구다. 9.11 테러 이후 위험한 미국을 방문해도 되느냐는 정숙의 질문에 염려 말고 갔다 오라고 과부될 팔자는 없다고 답변한 친구다. 이 친구의 말대로 무사히 여행에서 돌아 올 수 있음에 감사한 마음에서 볼펜 한 세트를 사겠다는 것이다.

이 작품에서 여행 가기 전의 불안한 정서와 여행하는 중의 무사함에 대한 안도의 정서가 차례대로 서사를 교차하면서 서사의 긴장을 유발한다. 이것은 김미현이 말한 여성의 글쓰기는 '사이의 시학'[115]이기 때문에 양가적 움직임을 따라 축이 흔들리는데, 이것은 여성을 둘러싸고 있는 중층적인 현실에 대한 이해를 토대로 생존의 미학을 구축하기 때문이다. 「이준 씨의 경우」도 비슷한 서사의 특징을 보여준다.

한말숙은 등단 초기의 자신의 현실과 전혀 다른 소외 계층의 객관적 현실을 토대로 작품에서 보여준 냉정한 시선은 결혼 이후의 여성 정체성에 갈등하는 서사로 변모했다. 그러다 1980년대 이후에는 갈등 서사도 사라지고, 등단 시기와는 전혀 다른 자신의 일상의 주변 이야기를 서사화한다. 그러면서 서사의 기법 또한 달라진다. 초기 소설에서는 여성적 글쓰기의 특징을 보여주지 않다가 1980년대 이후 자신의 주변 이야기를 서사화하면서 여성 작가의 특유의 여성적 글쓰기의 특징을 보여준다.

한말숙은 초기의 작품에서는 주체와 대상의 거리가 먼 인물을 중심으로 작품화 냉혹한 시선을 유지했지만, 주체와 대상과의 거리가 가까워지면서, 차츰 냉혹하고 객관적인 시선은 사라진다. 이것은 초기의 작품, 시대의 산물로 그리려한 인물들과의 교섭, 소통의 부재에서 오는 단지 사물화된 주변인 '타자'일 뿐이다. 그러나 차츰 자신의 주변 이야기를 통해 주체와의 교섭이 일어나면서 시선은 냉혹한 시선에서 따뜻한 시선으로 바뀐다. 이것은 결혼을 통한 가부장적 세계 속에서 소외 될 수밖에 없는 주부의 체험을 통해서 주변인들 '타자'에 대한 태도가 달라지기 때문이다. 주부로서의 자기 소외는 결국 내 안의 타자에 대한 인식이다. 내 안의 타자에 대한 인식은 소외의 체험을 불러온다. 그 소외를 통해서 삶을 반성하게 되고 자신의 삶뿐만 아니라, 소외된 자에 대한 새로운 자기 인식에 도달하게 된다. 자기 반성을 거친 주체는 이기적 주체에서 윤리적 주체로 거듭남을 의미한다. 그러기 때문에 한갓 대상에 머물렀던 타자에 대한 인식이 자신과의 동일시를 거쳐 따뜻한 이웃으로 다시 떠오른다.

제3장

장편소설에 나타난 타자 윤리학

1. 장편소설과 타자 윤리학

한말숙의 장편소설은 출처가 분명하지 않은 두 편을 제외하고 모두 네 편이다. 위의 『하얀 도정』 『모색 시대』 『아름다운 靈歌』 외 『방황의 계절』[116]이 있다. 『방황의 계절』을 제외한 3작품은 단행본으로 출판되었다. 이 연구의 초반전에서 밝혔지만 한말숙의 초기 단편작품에서 보여준 단편 양식에 대한 인식은 그 당대의 어느 작가보다 뛰어나다. 또 세 작품 『하얀 도정』 『모색 시대』

『아름다운 靈歌』 작품 역시 장편으로써 가장 중요한 전체성이 잘 드러낸 작품이다. 흔히 단편 양식에 탁월한 작가들은 장편 작품에서 역량을 드러내기가 쉽지 않다고 말해진다. 그러나 한말숙의 경우 그러한 말과는 상관없는 역량을 보여준다.

『하얀 도정』에서 여성 초점화자는 타자와의 소통 과정을 보여준다. 이 작품에서 주체성은 타자성을 통해서 획득된다. 초점화자는 끊임없이 자신을 타자화하고 외재화한다. 그것은 실존적인 관계에서 타자에 대한 욕망으로 나타난다. 이 작품에서 주체는 부재다.[117] 이 점은 화자가 근원적으로 타자에게 향하게 하는 동기로서 작용한다. 주체의 부재로 초점화자는 주체의 바깥을 향해 있는 타자지향적이다. 초점 화자의 존재의 빛은 타자적인 것으로 존립하는 존재 자신을 표현한다. 여기서 진정한 소통은 이루어지지 않는다. 이것은 현실의 논리에 의해 주체의 자기 해체를 통해서 타자를 향한 자기 생성 과정이 성립되지 않기 때문이다. 타자와의 무매개적 소통[118]을 통해서 이루어져야하는 진정한 자기 해체는 초점화자의 집안에 대한 긍지라는 고착된 자의식에 의해서 이루어지지 않는다.

『모색 시대』에서 초점 화자 상학은 인정과 배려라는 자신의 동일성을 유지한 채로 타자와의 관계를 지속한다. 관조적이고 표면적으로만 상대방과 만남을 유지하는 형식이기 때문에 자기 해체 과정이 발생하지 않는다. 타자지향적이지만 자기 동일성을 유지한 소통이기 때문에 현실을 생산적으로 발전 해체가 불가능하다. 타자에 대한 배려가 동정과 보호의 차원에서 돌봐주어야 할 약자로서만 대우 할 뿐이다.

이 작품에서 이상적 인본주의자 시학을 둘러싸고 있는 현실, 가족 관계, 기업 상호간의 관계, 기업과 권력층과의 관계, 회사 내의 인물간의 갈등은 현실이나 계층간의 차이에서 비롯된 공포나 두려움의 대상이 아니다. 교화의 과정을 거쳐야 하는 어리석은 이웃이 지배하는 현실일 뿐이다. 타자와의 차이로 자신의 동일성을 무너뜨릴 정도의 힘으로 새로운 현실을 받아들일 수 없는 것이다. 즉자신의 삶을 송두리째 바꾸어 버릴 위기로 받아들이지 않는 것이다. 시학은 자신의 이상주의적 인본 정신이 비록 타락한 현실에는 맞지 않지만 진리라고 생각하기 때문이다. 그러기에 자신의 인본주의적 이상이 실현될 수 있는 가정으로 숨어 들 수밖에 없다. 가족 해체로까지 이어질 수 있는 불안정한 현실은 가족 구성원 한 사람 한 사람의 주체적 삶에 의해서 흔들림 없는 화해의 제스처를 보여준다. 화해의 제스처는 결국 근대적 윤리, 가장에 의지한 가부장적 가정이 아니라 한 사람 한 사람 각자 삶의 몫을 충실히 함으로써 각자가 가정의 기둥이 되는 근대적 가족 로망스이다.

『아름다운 靈歌』에서는 죽음과 삶이라고 하는 스펙트럼을 드러내기 위하여, 구성, 인물의 대비, 존재의 다양한 방식을 통하여 삶의 다양한 측면과 그 삶과 유기적으로 연관되어 있는 죽음도 함께 조명하고 있다. 위의 두 작품이 인물을 둘러싸고 있는 구체적 현실의 전체성을 보여주었다면, 이 작품에서는 인간의 보이지 않는 의식을 지배하고 있는 영적인 세계까지 조명함으로써 이 작품은 인간 의식의 불가시적인 세계까지 보여준 의식의 전체성을 드러낸 작품이라고 할 수 있다.

작가가 여성이기 때문에 세 장편을 통하여도 타자 윤리학은 충분히 드러난다. 여성의 정체성을 다룬『하얀 도정』은 물론이고, 작가의 현실인식을 보여준『모색 시대』에서 나타난 가족 로망스는 남성 의식을 대변하는 가부장적 체계의 가족 로망스가 아니다. 가족 한 사람 한 사람이 가족 구성원으로서의 각자의 맡은 역할과 사회 구성원으로서의 각자의 역할을 충실히 하면 가정은 물론 사회까지 발전할 수밖에 없다는 근대적 의미의 민주주의 의식에 바탕하고 있다. 가부장적 의식에 의한 권위주의 체제의 가장이 주도하는 가정이 아니다. 가장인 시학의 영향력 안에 있는 있지만 가족은 각자의 개성에 따라 자기 목소리를 내는 다성악적 가정, 각자가 자신의 신념과 주체적인 경제력을 가지고 살아가는 현대의 주체적인 개성적인 구성원들이다. 이런 민주주의 가족 체계는 여성작가이기 때문에 가능한 가족 로망스이다.

『아름다운 靈歌』에 나타난 경계 허물기는 여성의 평등의식이 전제 되어 있지 않으면 불가능한 의식이다. 이 작품에 나타난 다양한 삶과 죽음은 삶의 경계 허물기를 보여주기 위한 작가의 전략이다. 다양한 삶과 죽음의 해석을 인(因)이라는 직접적 원인과 연(緣)이라는 간접적 원인이 합쳐서 양자가 화합해서 결과를 낳는 인연설과 맥이 닿아 있음을 작가는 의도적으로 보여주고 있다. 이 인연설은 인과 연의 합이 다양해서 그 결과를 인간의 의식으로는 가늠하기가 불가능하다. 그렇기에 인간의 눈으로는 불합리하고 어처구니없는 것은 하늘의 뜻을 인간이 파악하기 힘들기 때문이다. 그러기에 인간의 생각으로 억지로 허위의식을 만들어 경계 짓기를 한다는 것이 얼마나 잘못된 것인가를 작중 인물의 죽음과 삶을 통해 보여준다. 작가는 이런 의식에 기초해 종교 간의, 노소간의, 남녀 간의, 원수 간의 경계 허물기를 통해서 통합과 상생의 길을 제시한다.

2. 『하얀 도정』을 통해서 본 여성정체성

『하얀 도정』은 한말숙의 첫 장편이다. 『하얀 도정』을 발표하기 전까지 주로 발표한 단편 작품들을 주로 평가하면서 평론가들은 한말숙의 작품에 대한 평가를 소재의 다양성과 문체나 구성, 묘사력에 있어서는 뛰어나지만 문제 추구의 집요성이 떨어진다고 평가하고 있다.[119] 김주연은 박경리의 개인의식을 중심으로 한 사소설류와 비교하면서 한말숙과 강신재를 작가의 사상을 직접적으로 서술해내지 않는 성공한 작가라고 평가하고 있다.[120] 김우종은 『하얀도정』을 평하면서 관찰의 치밀성에 의해 사건의 냉혹한 처리와 구성의 재미를 들고 있다.[121] 작품『하얀 도정』에 대한 분석은 김우종의 평론 이외는 찾기 힘들다.

첫 장편집『하얀 도정』은 1964년 휘문출판사에서 첫 출판 후, 1983년『민중서관』,『삼성당』두 출판사에서 다시 출판된다.『하얀 도정』은 1973년 삼성출판사에서 낸『한국문학전집』, 1984년 삼성당에서 낸『한국문학전집』에 실려 있다. 김우종의『하얀 도정』의 작품 분석 역시『한국문학전집』뒤에 실린 작품 평이다. 몇 번의 출판이 거듭 되었음에도 작품 평을 찾아 볼 수 없는 것은 앞에서 논의한대로 한말숙에 대한 전반적인 평가와 관련이 있다.

한말숙의 전반적인 작품 세계를 추적하자면 두 가지로 분류할 수 있다. 첫째는 전후의 혼돈과 궁핍 속에서 살아가는 표류하는 여성들의 실존적 의미, 둘째로 작가의 결혼과 출산의 경험이 토대가 된 여성의 정체성의 문제를 추구하는 작품들이다. 이번 분석 대상인『하얀 도정』은 첫 번째 소재와 두 번째 소재가 결합하고 있는 작품이다.

한말숙의 초기 소설「별빛 속의 계절」이나「신화의 단애」의 '아프레 걸'[122]의 연장선상에 있는『하얀 도정』에 와서는 장편이라는 양식에 의해서 앞의 두 작품에서 보여준 '아프레 걸'의 모습과는 다른 서술 전략을 보여준다. 즉 주체적으로 살려는 의지는 많으나 여성의 관습적 수행성 때문에 주체적으로 살 수 없는 여성의 혼란을 서술 과정을 통해서 잘 보여준다.

서술과정 중의 이런 혼란은『하얀 도정』의 연재나 출판이 한말숙의 결혼과 동시에 이루어진다는 변수가 작용했을 것이다. 결혼하기 전의 '아프레 걸'과 관련된 작품들과는 달리 이 작품 속에 보여주는 이런 혼란은 작품의 메커니즘 속에 작가의 타자지향성에 의한 현실 논리가 작용했기 때문이다. 현실 논리는 그 당시 1960년대의 4·19데모, 1961년 5·16군사혁명 등 사회적 혼란이 거듭 됨에 따라 여성의 주체적 확립이 불가능함을 보여준다. 또 작가가 자신의 집안과 비슷한 명문 가문 자제와의 결혼이 성립된 현실적 논리 역시 작가의 낭만적 이상을 고집할 수 없게 된 것이다. 그러기에 작가는 현실적 논리를 내면화할 수밖에 없는 서술 구조를 보여줄 수밖에 없다.

『하얀 도정』의 초반부는 위의 단편소설에서와 같이 표류하는 여성상을 통하여 젠더를 조롱하는 서술을 보여준다. 그러나 그런 표류가 어떻게 여성 정체성과 연관되며, 작품 속의 주인공의 젠더 수행성의 성적 역할 바꾸기가 어떻게 발생하는가를 서술 과정 속에서 보여준다. 이 논문에서는 『하연 도정』의 여성 주인공 인옥을 중심으로, 자기 정체성, 자아 이상, 대타자, 작가 응시로 인한 이중 분열을 정신분석학적인 측면에서 분석해 보려고 한다.

1) 주변인으로서의 자기 정체성의 형성 배경

여성 작가들의 작품에서 여성인물들은 이상적 낭만적 삶에서는 자기 주체성을 확립한 인물로 성공하지만 현실적인 조건에서는 실패와 좌절을 경험하게 된다. 그것은 실제 현실에서는 개인적 가치를 지닌 내적 자아와 사회적 가치를 지닌 외적 자아 사이의 불화나 통합 불가능성을 인식하고 있기 때문이다.[123] 그런 인식의 밑바탕에는 작가의 타자지향성이 매개되어 있기 때문이다.

이 작품이 발표 당시 시대적 상황은 혼란 그 자체였다. 이승만 정권에 대한 불신으로 인한 학생들의 데모, 연이어 일어난 군사 쿠데타, 현실적으로 밝은 미래를 찾아 볼 수 없는 사회였다. 어려울수록 여성들은 사회로부터 억압적인 선택을 강요받는다.『하얀 도정』의 초반부의 꿈은 바로 이런 억압을 보여준다.

이 작품에서 주체인 인옥은 타자지향적이다.[124] 타자지향적이라는 말은 타자 윤리학에서 타자에 의해 주체를 개방시키는 존재의 본질을 그대로 보여주는 인물이다. 여기서 주체인 '나'는 타자로서 호환되는 복수적인 실체다.[125] 즉 이 작품에서 인옥의 주위를 둘러싸고 있는 인물들은 모두 인옥을 제3자화 시킨 '인옥'의 타자들이다.

이 작품에서 두 번의 꿈을 통하여 드러내는 인옥의 정체성의 불안은 '하얀 도정'이라는 제목을 통해서 강조하고 있다. 이 꿈은 소설의 앞부분에 반복해서 서술되고 있다.

인옥은 하얀 길을 자꾸만 걸어갔다. 드디어 벌판에 나왔다. 사방에 지평선이 아득히 멀었다. 바람도 없는데 바람 소리가 휑 나는 것같이 텅 비인 벌판이었다. 그녀는 걸음을 멈춰서 잠시 방향을 잡으려고 생각했으나 걸음은 멈춰지지 않았다. 그녀는 고개를 돌려 뒤를 보았다. 그녀는 깜짝 놀랐다. 지금까지 걸어 왔던 길은 어디에 갔는지 없었다. 숲도 없고 사람도 없었다. 다만 하늘도 땅도 없는 하얀 공간뿐이었다.[126]

그녀는 샛하얀 길을 홀로 걸어갔다. 끝없이 뻗은 길이다. 바람도 없는데 그녀는 바람을 느꼈다. 그것이 시간이라 했다. 그녀는 하얀 길을 자꾸만 걸어갔다. 아무런 목적지도 없는데 자꾸만 걸어갔다. 아니 저절로 걸어가지는 것이다. 결코 걸음을 멈출 수는 없다는 것이다. 그녀는 걸어가며 문득 뒤돌아보았다. 순간 그녀는 뒤로 휙 쓰러질 뻔 했다. 그녀의 바로 발꿈치 뒤가 낭떠러지였다. 낭떠러지가 아니라 실은 하늘도 땅도 없는 샛하얀 공간이다. 그녀가 걸어 온 길은 어디로 갔는지 없다.[127]

두 인용의 밑줄을 통하여 강조되는 서술은, 텅 빈 하얀 공간, 바람도 없는데 바람을 느꼈다, 걸음을 멈출 수가 없었다, 자신이 걸어 왔던 길은 어디에도 없었다, 이다. 이 반복되는 서술을 통하여 분석 가능한 것은 타자화된 자신의 삶의 행로에 대한 불안이다. 이것은 바로 여성들의 무의식을 반영해주고 있다. 꿈속에 나타난 '하얀 길'은 자신이 가고 싶지도 않고 자신이 걸어오던 길도 아니었다. 아무 의식 없이 묵묵히 걸어가야 하는 길이다. 앞도 뒤도 뿌연 안개만이 자욱한 길이다. 그렇게 앞도 뒤도 보이지 않은 길을 여성들은 가야하기 때문에 그 길을 택해 뚜벅뚜벅 걸어야만 하는 것이다. 이런 불안을 더욱 더 확실하게 보여주기 위해 작가는 타자화된 인옥의 할머니의 삶을 초반부에 전면 배치한다.

인옥은 어머니를 여의고, 가문의 예와 긍지를 목숨처럼 생각하는 사업에만 열중하는 아버지, 대전에서 법무관을 하고 있는 오빠, 또 자신 외에는 관심도 없고 사랑을 줄 줄 모르는 에고이스트인 새엄마와 항상 개밥의 도토리 마냥 집에서 소외되고 있는 할머니를 가족으로 하고 있다.

할머니는 시집 온지 열흘 만에 남편이 죽고, 남편이 죽은 똑같은 나이의 아들까지 잃었다. 인옥이 아버지를 양자로 들였지만, 인옥이 아버지나 새엄마는 할머니에게 조금의 관심조차 보이지 않는다. 더군다나 피 한 방울 섞이지 않은 손자 손녀 역시 할머니를 개 쳐다보듯 한다. 할머니의 소외를 통하여 인옥은 여자의 일생의 허망함을 본다. 할머니의 소외는 자신의 소외로 이어지고 할머니와의 자기 동일시를 통해서 할머니의 고통이 바로 자신의 고통이 되는 것이다. 할머니와의 동일시를 통하여 화자는 타자 지향적으로 변하고 할머니의 고통에 반응하기를 스스로에게 명령한다.

인옥과 마찬가지로 그림을 그리는 인옥의 새엄마는 인옥의 아버지와 결혼해 살면서도 사랑하지 않는 사람의 아기는 가지지 않는다는 이기주의적 주체이다. 여기서 이기적 주체는 자신의 존재 안에만 머무르면서 자신 바깥의 대상은 자기 필요에 따라 소유하려고만 하는 인물이다. 또 돈과 명예만 향유하려는 인물이다. 새엄마는 가족과의 화해를 거부하며 자기 스스로의 소외를 자초하는 인물이다. 인옥의 여성으로서의 자기 정체성의 불안은 주로 할머니와 새엄마를 통해서 형성된다. 가족의 이기주의에서 소외된 할머니나 자신의 이기주의에 의해서 스스로를 소외시키는 새엄마의 이런 타자화된 인물들은 인옥으로 하여금 이기주의적 삶을 벗어나게 하며 자신으로부터 혹은 자신의 가족으로 떠나 타자지향적인 윤리적인 주체가 되도록 충동질한다.

　여성의 모델을 보여주는 할머니와 새어머니 삶은 소외된 타자로서의 삶이다. 할머니는 운명에 의해서 친 가족을 잃음으로써 소외된 삶을 사는 반면, 새어머니는 석극적으로 부와 명예를 추구하지만, 자신의 이기주의 때문에 스스로를 가족과의 관계에서 소외시킨다. 목적 추구의 삶에서 목적이 사라져 버리면 결국 삶의 의미를 상실, 스스로부터도 소외된다. 새어머니는 결국 자살을 시도하지만 미수로 끝난다. 자신의 치어머니를 잃고, 대회기 단절된 새어머니와 가족 중에서 가장 소외된 할머니를 통하여서만 자신의 존재를 확인받는 인옥은 스스로 자신을 주변인으로 정체화 한다. 인옥의 가족 속에서의 소외는 결국 자신의 가문과는 다른 그룹 친구들과 친할 수밖에 없는 타자지향적인 인간으로 만든다. 할머니의 타자화된 소외의 삶은 인옥의 자신의 것으로 치환되면서 상처로 남게 된다. 이 상처는 결국 타자지향적으로 인옥을 향하게 한다. 이 타자지향적인 것은 타인에게 대한 존재의 열림이다. 인옥이 자신을 떠나 타자지향적이라는 말은 가문의 안일한 평화 상태를 거부하고 새로운 주체로써의 욕망을 반영하는 것이다.

인옥의 남자 친구에 대한 편지 놀이나 연애 놀이는 일상에서 느끼는 존재의 불안 때문이다. 이 작품에서 인옥이 단지 자신에게 호감을 보여준다는 이유만으로 남자에게 편지짓을 하는 편지 놀이나, 키스를 마치 수저 바꾸는 기분으로 이 남자 저 남자와의 키스, 키스 중에도 딴 생각을 하는 인옥의 행위는 '자기 자신으로부터 존재한다는 사실을 탈피시키는 것이다.'[128] 자기 자신의 사실성을 떠난다는 것은 곧 존재 자신에 남고자 하는 존재의 안일한 평화 상태와 그 만족을 거부하고 나와 다른 것을 찾아나가는 존재의 본질적인 욕망을 반영하는 것이다.

도피는 존재 실현을 위해 새로움을 주는 존재론적 이탈행위다. 이런 욕구는 일종의 즐거움이며 자기 자신의 포기와 상실, 자신 바깥으로부터 탈피, 엑스타시를 의미하는 것이다. 자신과 가문을 떠나서 자기와 전혀 다른 누구를 지향한다는 것은 자신과 다른 새로운 '나'의 모습을 지향한다는 것이다. 타인들, 남자 친구들의 삶의 방식을 부러워하고, 자신 바깥 세계를 지향한다는 것은 타자지향적인 삶을 통하여 자신의 새로운 삶을 향해 나아간다는 것이다.

2) 자아 이상형의 추구

인옥이 자신을 주변인으로 위치지우며 그로 인해 일어나는 존재의 불안은 그룹의 남자 친구들을 통해서 형성되는 자아 이상을 만들어 가면서 차츰 해소된다. 어린 시절 스스로가 자신의 이상이라는 나르시시즘에 젖어 있었지만 이제는 상실하고 없는 바로 그 어린 시절의 나르시시즘을 회복시켜주는 대체물이 자아이상이다.[129] 인옥은 타자, 남자 그룹 친구들의 이미지 속에서 자신의 정체성을 발견한다. 즉 인옥은 남자 그룹 친구들의 이미지 속에서 남성적 욕망으로 자신을 이미지 한다. 인옥의 남성 욕망의 참여는 남근 의미화 영역 안에서 억압된 여성적 욕망을 밝혀내는 것이다. 즉 남/여라는 고정된 젠더축을 허물어 내고 조롱하는 실천으로 수행되고 있다.

①(어떻든 내가 사는 양식은 글러 있다)고 속으로 말한다. 땀을 흘리던 남학생이 생각키웠다.

(…중략…)

(남자는 다 열심이다) 인옥은 속으로 뇌었다.[130]

②김의 집골목으로 들어서니 바이올린이 들려온다. (있구나!) 인옥이 대문을 미니까 김은 대청에서 중학생의 레슨을 보아주고 있다. 그

는 발로 박자를 치며 「다시!」 하고 소리를 친다.

(모두 열심히구나.) 인옥은 가슴에서 또 말해 본다. 인옥이 대청에 올라서도 김은 그녀에게 고개를 끄떡여 보일 뿐 계속 발로 박자를 치고 있다.[131]

③「오늘은 차나 마시기로 했어.」

「왜?」

「자본 미달이란다.」

영애가 김 대신 말해준다.

(아, 이 가난한 군상들!)

인옥은 갑자기 그들에게 친밀감이 솟는다.[132]

예 ①에서는 인옥이 자신의 출신 가문에 대한 부정적 인식을 통해서 가문 위주의 자기 정체성을 허물어 버린다. 그리고 예제 ②③을 통해서 보여주는 것은 '가난하지만 성실하게 살아가는' 남자 친구들의 이미지이다. 이를 통해 자신의 정체성을 새롭게 형성, 자아 이상을 정립한다.

인생이란 좀 더 아름답게 살기 위해서 살며 노력하는 것도 같다. 그런데 밥을 굶지 않기 위해서라니. 그러나 그녀는 또한 가난을 위한 투쟁도 아름다울 것도 같다. 미지의 상태에 대한 흥미다. 김의 말대로 어떠한 상태에 있건 열심히 살고 볼 일이었다. 그 열심히 결국 다시없는

아름다움이 되리라.[133]

인옥의 그 동안의 혼란과 불안은 집안의 이기주의적 삶 속에서 본 자신의 이미지 때문이다. 그러나 남자 친구들에 대한 관심을 통해서 세계와 자신이 일체가 되는 새로운 경험을 가지게 된다. 즉 자신 속의 자아를 떠나서 타자적인 관심으로 나아가는 행위이다. 자신의 주관성을 타자화시키면서 타자의 세계에 개방한다.

그러나 인옥이 가문의 관행과 여성적 젠더를 수행해야 한다는 사회적 억압으로 벗어나 1차적 나르시시즘을 승화시켜 상징계적 자아 이상을 확립했지만, 이러한 사아 이상과 실제 사이에는 편차가 있을 수밖에 없다. 인옥은 집안의 몰락으로 자신도 경제적 독립을 해야 한다는 생각으로 취직한다. 그 직후 남자 친구 김을 만나 대화중에 자신의 직업에 대해 묘사한 부분을 보면 자아 이상과 실제 사이에의 편차를 보여준다.

김이 의자에 앉으며
「참 잘 되었어.」 한다.
「덕분이야, 하지만 난 별로 좋은 줄 모르겠어.」
「왜?」
「째째하게 일용품 디자인하고 있을 걸 생각하니까 ……..」
「그럼 어떤 것이 안 째째해?」
「글쎄 조각 같은 것.」

「하필 왜?」

「무엇인지 힘껏 두드려 보고 싶어서, 의욕적인 것 말야」[134]

위의 예문에서 보여준 것처럼 인옥은 자신을 개방시켜 타자지향적인 삶을 살려고 하지만 현실은 그런 의욕을 불러일으킬 상황을 만들어 주지 않는다. 그것은 여성이라는 사회적 억압으로 나타나는 젠더적 한계 때문이기도 하다. 취직이 확정되기 전, 유풍방적, 유풍 제지를 운영하는 사장이라는 자는 인옥의 전공을 살려 디자이너로 취직하겠다는 의사를 무시하고 자신의 비서로 오라는 제안을 한다. 이런 서술을 통해 작가는 암암리에 여성에게 직장은 개성을 살린 고유의 권한을 행사하는 곳이 아닌, 단지 여성성을 팔기 위한 수단에 불과한 것이라는 것을 보여준다. 인옥의 자아이상과 경제적 독립을 추구하기 위한 직장 생활은 이미 여성으로서의 삶을 추구하기에는 부적절함을 보여주는 서술이다.

여기에서 또 다시 젠더 문제가 발생한다. 남근일 수 없는 여성이 남근인척 가장하면서까지 타자지향적인 삶을 살려고 하지만 남근을 가지려는 남성의 욕망을 채울 수 없다. 즉 가부장적 세계인 상징계는 그것을 허용되지 않는다. 여기에서 인옥의 남성적 욕망을 채워 줄 대타자가 필요하다.

3) 자기 나르시시즘적 이상, 대타자

인옥이 자기 이미지를 발견한 친구들의 그룹 속에 가문을 우선으로 생각하는 명규도 끼어 있었고, 의욕적인 삶의 의지를 보여주는 영환이도 끼어 있었다. 그 둘은 친구 그룹 중에서 정식 맴버는 아니었고, 인옥 때문에 어울리는 친구들이었다. 인옥은 남자 친구들의 그룹 중에도 여성적 젠더 수행을 강요하지 않는 자신과는 전혀 가문이 다른 친구 그룹으로부터 강렬한 자기 이미지를 발견한다.

인옥의 가문에 대한 감정은 양가적이다. 전통이나 가문에 대해서 지금 가치가 없는 것은 아무런 의미가 없다며 부정적인 태도를 보이는 것과 동시에 자신의 가문에 대한 긍지 또한 높다. 그 긍지는 주로 같은 가문의 명규에 대한 묘사나 오빠의 약혼녀가 된 서양에 대한 태도에서 나타난다.

① 「애기」라는 어휘에 인옥은 우리와 같은 풍속의 집안에 틀림없구나 생각하며 일부러 퉁명스럽게

「졸업반이에요.」 했다. [135]

② 인옥은 서양이 만일 제준의 아내가 된다면 둘은 썩 잘 어울리는 내외가 될 것 같았다. [136]

①의 인용에서 인옥이 「애기」라는 어휘에서 친근감을 느끼면서, 전통적인 여성상으로 자신이 비쳐지기를 싫어하는 양가적인 감정을 잘 보여주는 부분이다. ②의 인용에서는 인옥의 무의식이 잘 드러난 부분이다. 이것은 아무리 인옥이 혁명적이고 남성적 욕망을 실현하려는 가장을 한다고 해도, 현실을 살아가는 작가의 응시에 의해서 분열됨을 보여준다.

이러한 분열은 명규와 영환에 대한 분열된 시선을 통해서 그대로 드러난다. 인옥과 명규는 서로가 비슷한 뿌리를 가진 가문 출신이다. 그러나 영환은 인옥에 대한 사회적 억압에 의해서 만들어진 대타자이다. 여기서 사회적 억압은 가부장적 억압과 전통, 권위로 인한 여성 존재에 대한 제한과 금기를 통해서 나타난다.

「넌 계집애의 머리 모양이 대체 그게 무어야? 중학교 학생도 그 따위로 보기 싫게 깎아 붙이지는 않았더라」 부자의 음성이 똑같다.

「남한테 보일 필요 없거든」

「왜?」

「아까워서」

「무엇이 아까워?」

「보이려는 마음씨가 말야」

「말야」라는 말투가 꼭 기섭이 말투 같고 김의 말투같이 되어 버렸다.[137]

위의 인용문에서처럼 만날 때마다 아버지와 오빠를 통해 인옥은 여성적 젠더 수행을 강요받지만 인옥은 그들을 조롱하고 남성적 언어로 남자들을 패러디한다. 즉 인옥의 성적 존재론을 패러디함으로써 정체성의 정치학을 허물어 버리는 것이다.

이런 인옥의 혁명적인 시선은 자신의 삶의 존재 방식을 떠나 타자지향적인 삶을 선택했기 때문이다. 명규와 영환 사이에서 영환을 선택한 것은 자기 이상을 실현시키기 위해서 필요한 것이다. 자아 이상과 실제 사이에서의 편차를 극복하기 위해 대타자에게 리비도 에너지가 실리기 된 것이 2차적 나르시시즘이 실현된 자아 이상이다. 이때 자아 이상은 상징계 단계에서 사회적인 억압 혹은 타자의 욕망으로 구성된 자아이다. 인옥은 자신이 설정한 대타자를 자신의 가문과 전혀 다른 분위기의 영환으로부터 발견한다. 영환으로부터 느끼는 강력한 삶의 의지, 강렬한 자아는 자신이 가지고 싶어 하는 것이다, 그래서 인옥은 영환과의 자기 동일시를 통한 강한 나르시시즘적 사랑에 빠진다.

① 무표정 속에서 인옥은 그의 강렬한 자아를 느꼈다.[138]
② 당신은 참 고집이 세시지요? 나도 그래요. 그래서 난 당신이(을?) 더 좋아하는지 몰라요.[139]

두 인용문에서 나타난 것은 자기 동일시를 통한 자기 사랑이다. 연인은 자신의 욕망을 만들어 내기 위해 올려놓은 대타자다.

대타자란 그 자체로서는 아무 것도 아닌데 단지 닿을 수 없기에 '바로 그것'이 된다.[140] 인옥의 영화에 대한 자기 동일시는 이성적으로는 어찌 할 수 없는 마술적인 힘, 현실원칙을 넘어 법의 경계를 넘어 단념하지 못하는 것이다. 가문을 알 수 없는 자신의 친구 그룹의 친구들과 다를 바 없는 성실성과 강렬한 자아를 동시에 가진 영화는 영화 자체만으로 대타자의 블랙홀이다. 인옥이 명규와의 데이트 때와는 달리 영화와의 데이트에서는 서로와의 일체감으로 언어는 흩어져 버린다.

> 인옥은 그의 말에 눈물이 쏟아질 것 같아서 얼른 홋홋 웃어 버렸다. 웃기라도 해야지 그렇지 않으면 그녀는 사랑해서 울다가 죽을 것만 같다. 웃고 보니 기분이 가벼워졌다. 그녀는
> "밥 먹어요" 또 했다
> "안 돼, 오늘 밤은 굶어."
> "싫어요, 살아 있는 이상 왜 밥을 굶어요?"
> "살아 있는 이상? 배만 고프지 않으면 살아있는 것이군."[141]

위의 인용문처럼 인옥이 욕망하는 것은 그의 마음인데 말은 마음을 다 담지 못한다. 언제나 대화가 빗나간다. 두 사람의 대화에는 환타지가 삶을 대체한다. 여기서 중요한 것은 인옥이 영화와의 에로티시즘 자체 보다는 어떤 낭만적 환상을 쫓고 있어 비일상적인 관계라는 것이다. 그 예로 인옥과 영화의 만남은 실제 생

활에서는 개연성이 부족한 우연의 반복이라는 것이다. 두 사람은 전혀 모르는 관계였다. 우연히 만난 우체국에서부터 시작된 관계이다. 자신의 애인이었던 명규와의 친구라는 것도 우연의 만남을 통해서 알게 된다. 인옥과의 데이트를 하면서도 영환은 명규를 제외한 인간적인 관계망, 친구, 가족 관계, 직장 동료 등을 노출하지 않는다. 인옥과 명규는 연인 사이였다. 영환은 그런 인식조차 없다.

명규의 친구로서 인옥 사이 끼어든 영환은 거기에 변명 한마디 없다. 인옥 역시 마찬가지다. 둘 사이에는 아무도 끼어 들 틈이 없다. 그것은 두 사람의 자기 동일시 때문이나. 둘은 서로를 동일시, 근원적 나르시시즘에 갇혀 상징계를 거부하고 있다.

인옥을 매혹한 연인, 영환은 사실은 이마고[142]요. 이상적 타자이다. 연인이란 자신의 이상적 모습이 투영된 판타지 '오브제 아'[143]이다. 영환은 인옥에게 자신이 되고 싶어하는 '자아 이상'이기에 닿을 수 없는 별이지만 일단 지상에 내려오면 칙칙한 광석이요, 운무일 따름이다.[144] 영환이 인옥을 소유하기 위해 결혼을 신청했을 때는 그것은 이미 죽음을 의미한다. 결혼 신청은 하늘에서 지상으로 내려와야 하기 때문이다.

① 영환은 처음으로 그녀의 입술을 찾았다. 높은 하늘에 별이 반짝였다. 전율이 인옥의 몸을 달려 갔다. 인옥은 생전 처음 입맞춤을 했다고 느꼈다.

② 일선 지구로 갔다와야 겠어요. 내일 밤이면 올테니 밥많이 먹고 있어. 그녀는 읽으며 웃고 있었다. 이번이 마지막이고 다시는 가지 않을 거예요. 공부해야 하니까. 그리고 참 우리는 아무래도 결혼해야 할 것 같아. 보고 싶을 땐 언제든지 인옥이 내 곁에 있어야 하겠기에.[145]

인용 ①에서 보여주는 것처럼 인옥은 자신의 결핍을 채워 줄 수 있다고 생각하는 대상. 영환에게 환타지를 느낀다. 자아 이상이라고 믿으며 마치 어릴 적 어머니와 하나가 되듯이 그는 영환과 하나 되고 싶어한다. 인용 ②에서처럼 완벽한 일체를 이루려는 순간 대상은 미끄러지고 충족은 다시 텅빈 공허를 낳는다. 완벽한 행복은 없기 때문이다. 인옥은 바로 이어 영환의 사고 소식을 듣고 싸늘한 시체로 돌아 온 영환을 맞는다. 인옥과 영환은 서로가 서로에 대한 환상이다. 완벽한 환상 속에는 상징계의 아버지의 법으로 인한 갈등이 스며들 틈이 없다. 갈등이 있어야 또 다른 욕망이 발생하고 삶을 지속할 수 있는데, 갈등이 없는 삶은 거대한 침묵, 죽음에 이를 수밖에 없다.[146]

4) 현실 논리로 인한 이중분열

인옥은 주체의 타자성을 통하여 자기 소외에서 극복되는 계기로 작용한다. 작품의 초반부에서 혼란스런 꿈을 통해 보여준 정체성의 혼란은 극복된다. 영환을 통해서 이루려는 사회적 환상과 꿈은 자기애로 연결되고 또 자신에 대한 사랑의 확신은 가족과 모든 타자들에 대한 사랑으로까지 연결된다.

작가는 이 작품을 쓰여진 당시, 1960년대의 4 · 19데모, 1961년 5 · 16군사혁명 등 대사회적 혼란 속에서 작가는 자신과 비슷한 집안의 명문가의 자제와의 결혼이라는 현실적 논리를 부정할 수 없었을 것이다. 주체의 타자성에도 불구하고 현실 논리는 극복할 수 없었던 것이다. 작가는 현실적 논리에 의한 자기 응시로 인옥이 더 이상 이상적 낭만적 삶을 추구하게 할 수 없었고, 그것은 서술 전략으로 나타난다. 즉 작품 속에시 영환을 죽음으로 몰고 간 것이다.

인옥과 영환의 사랑을 성취하기에는 많은 현실적 난관을 가지고 있었다. 우선 두 사람의 결혼은 가문의 긍지를 최고의 덕목으로 생각하는 아버지와 오빠와의 갈등이 전제되어야 한다. 그러나 두 사람과의 관계는 가족에게 전혀 알리지 않은 두 사람만의 사건일 뿐이다. 그러니까 작가는 처음부터 인옥과 영환의 사랑을 환타지로 그리려는 서술전략이었다는 것을 보여준다.

이런 것은 명규와 영환에 대한 묘사에서도 드러난다. 명규에 대해서는 실제적인 구체성을 가지고 묘사하고 있는 반면, 영환에 대해서는 추상적으로 묘사하고 있다. 또 영환에 대해서는 이상적 인물로, 인옥과의 정신적 교감을 우선적으로 묘사하고 있다. 반면 인옥이 명규를 연인으로 '좋아지지 않는다'는 전제를 깔고 묘사하였음에도 명규는 인옥과 동류임을 서술을 통하여 보여준다. 또 인간적인 신뢰에 초점을 두고 묘사하고 있다.

① 명규는 베이지 빛의 스프링코우트를 입고 있다. 수려한 이마와 코의 선이 유달리 침착한 느낌을 준다.[147]

② 명규는 누구에게나 터치가 부드럽고, 또한 당당한 무엇이 있다. 그의 구김살 없는 환경의 탓인지도 모른다.[148]

③ 대답하면서 그녀는 명규에의 애틋한 우정을 느꼈다. 우정은 어쩌면 사랑보다도 더욱 가치 있는 것인지도 모른다. 인간이 인간에의 이해 없이는 느낄 수 없는 감정이기 때문이다.[149]

④ 고귀 할 만치 수려한 그의 옆얼굴을 보고 있다가 인옥은 고개를 돌려 명규처럼 역시 앞을 보았다. …… 김이 언젠가 말했듯이 사랑은 없어져도 나는 그를 신뢰할 수 있다. 그는 인간이기 때문에. 더구나 내가 믿었던 사람이기 때문에.[150]

위의 인용문들에서 느낄 수 있는 것은 좋아하지 않는다는 인옥의 시선으로 그려지기에는 명규에 대한 묘사가 이율배반적이라는 것이다. 명규에게 우정을 느낄 뿐이라면서 우정은 사랑보다 더 중요한 가치라고까지 서술하고 있다. 이런 이율배반감은 어디서 오는가. 바로 작가의 시선에 의해서 형성된 것이다. 작가는 이 작품에서 인옥이와 같은 그 당시 유행했던 뚜렷한 주체적인 의식을 가지고 있는 당당한 여성으로서 그에 맞는 대타자로 설정한 영환과의 아름다운 사랑을 그려 나가고 싶었을 것이다. 그러나 어려운 현실 속을 살아가고 있는 작가는 인옥과 영환의 사랑 그 너머에 또 다른 욕망, 우수리, 여분, 타자를 잘 알고 있었다. 그렇기 때문에 영환을 죽이지 않을 수 없었다. 응시는 또 다른 욕망의 시선이다.

전통과 기성세대를 무시하고, 주체적으로 살아가는 '아프레 걸'의 형상을 띄고 있는 인옥의 시선으로 그려지는 오빠 제준이, 명규, 서양과 서양 어머니에 대한 묘사는 모든 것을 감싸 않는 따뜻한 어머니의 시선이다. 이 또한 이율배반적인 시선이다. 이런 시선은 혼란된 현실 속에서 빨리 벗어나 안정된 결혼 생활을 보장받고자 하는 인옥의 이중적인 얼굴이면서 작품 밖에 있는 현실 논리를 따르는 작가의 응시 때문이다.

결혼을 앞둔 작가의 시선은 앞을 알 수 없는 불행한 현실적 상황을 벗어나 빨리 안정된 삶을 지향하고 싶을 것이다. 인옥의 시선은 결혼을 앞둔 작가의 시선이 투영되어 있다. 즉 인옥은 안정된 결혼 생활을 보장 받고자하는 현모양처의 꿈을 버리지 못하면서 '아프레 걸'의 가면을 쓰고 내숭을 뜨는 기만과 위선의 얼굴이다. 작가는 인옥이 영환의 죽음 후 명규에게 영환을 사랑할 수 있을 때까지 사랑할 것이라는 결말을 통해 끝까지 영환의 죽음 후에도 영환 곁에 머무를 것처럼 마무리를 하고 있다. 그러나 서술 속에 나타나지 않는 서술 지평은 명규에게 갈 것임을 보여준다.

이 작품은 인옥의 사랑에 대한 욕망과 아버지 '법' 사이의 갈등을 다룬 소설이다. 즉 여성들이 아무리 타자지향적인 삶을 선택했다하더라도 현실 논리, 관습과 전통, 경제적인 문제 등이 가로놓여 있을 때는 현실논리를 따를 수밖에 없음을 보여주는 서사다. 이성으로는 어찌 할 수 없는 힘. 현실 원칙, 아버지의 '법'의 경계를 넘어 단념하지 못하는 것이 사랑이라는 것, 그러나 그것은 결국 아버지의 '법'에 의해 다시 지배 될 수밖에 없음을 드러낸다. 라캉에 의하면 개인이 상징계로 진입한다는 것은 아버지의 '법'에 복종함으로써 거세를 받아들여 분열된 주체가 된다는 것이다. 이 작품의 화자, 인옥 역시 아버지의 '법'에 복종해야 한다는 무의식을 가지고 있다. 그 무의식은 인옥의 가문과 비슷한 출신의 애인 명규, 오빠의 약혼녀 서양, 오빠에 대한 태도에서 드러난다. 그 욕망은 타자를 통해서 은밀하게 드러난다. 인옥의 여성 정체성은 뼈대 있는 가문의 후손이라는 긍지와 여성으로서의 아무런 의미를 가질 수 없는 진부한 존재라는 의식 사이에서 분열을 보여준다.

여성들의 소설에서 보여주는 이런 하강 결말은 결국 현실 논리가 작가의 시선에 의해서 매개, 이상적 낭만적 삶이 현실 속에서는 불가능함을 보여주는 서사이다. 이것은 역시 여성작가들의 의지와도 관련이 있다. 불가항력적인 현실적 논리를 바꿀 수 없다는 체념에 의한 수동적 자세이다. 이 작품에서 보여주는 것처럼 여성들은 주위 할머니나 어머니의 체념적인 삶에서 자연스럽게 주변적인 정체성을 획득, 청년기에는 낭만적 이상을 통하여 주체성을 확보 하는 듯하다. 그러나 결국 다시 주변인으로 돌아간다.

『하얀 도정』은 한말숙의 첫 장편이다. 단편에서 보여주는 구성의 치밀함과 냉혹할 정도의 객관적 묘사, 문체의 간결함은『하얀 도정』이라는 장편을 통하여서도 그대로 드러난다. 여성의 불확실한 미래를 통하여 보여주는 여성 정체성의 혼란ー젠더 조롱하기를 통해 보여주는 새로운 정체성 확립하기ー현실적 불가능을 인식, 자신의 대타자 찾기ー다시 되돌아가기의 과정을 통해서 여성들이 왜 현실에 안주할 수밖에 없나를 서술과정 속에서 구성의 치밀함을 통해서 보여준다.

인물의 무의식적 자아이에 의해서 명규를 선택하게끔 작가는 설정하고 있으면서도, 마지막 서술 과정까지 냉혹할 정도의 시침떼기로 일관한다. 한말숙의 작품의 서술 과정에서 보여주는 냉혹할 정도의 객관성은 비평가들에게 문제 추구의 미흡이라는 지적의 원인이 되기도 한다. 김우종의『하얀 도정』의 작품 해설에서 보여준 표면적 주제를 통한 해설은 이런 냉혹한 객관성으로 인한 오인이기도 하다.[151] 이 작품에서 한말숙은 여성의 삶의 과정을 현실과의 연관 속에서 끝까지 추구한 치밀함을 통해 여성의 일생이 왜 그럴 수밖에 없나를 집중 추구하고 있다.

『하얀 도정』에서 인옥은 여성으로서의 삶의 모델인 새어머니와 할머니의 자기 소외의 삶을 통해 주변인으로 자기를 정체화한다. 주변인으로서의 정체성은 남성 젠더를 통해서 남성 욕망을 자기화한다. 남성의 젠더 정치학을 통해 자기 정체성을 확립하지만, 현실 속에서 여성이 주체적 독립이 불가능함을 인식, 새로운 대타자, 이상적 자아를 찾는다. 즉 자신의 결핍을 채워 줄 수 있다고 생각하는 대상에게 환타지를 느낀다. 환타지를 통해 자아 이상이라고 믿으며 마치 어릴 적 어머니와 하나가 되듯이 대상과 하나 된다. 대상에의 사랑의 확신은 자기애로 연결되고 또 자신에 대한 사랑의 확신은 가족과 모든 타자들에 대한 사랑으로 연결된다. 그러나 대상과의 완전한 합일을 이루려는 순간 대상은 미끄러지고 충족은 다시 텅빈 공허를 낳는다. 이것은 현실 밖에 있는 작가의 응시에 의한 분열로 인한 것이다.

작가는 현실적 논리에 의해 인옥의 욕망 속에 숨겨진 타자를 잘 알고 있기 때문에 작가의 응시 속에서 자기 분열을 일으킨다. 인물의 이런 이중 자기분열은 현실 논리에 의한 또 다른 욕망의 시선 때문이다. 인옥이 타자지향적인 삶을 통해 혁명적인 자기 변혁을 거듭했다 하더라도, 현실적인 논리에 의해 존재의 안일함을 보장해 주는 가문이 있는 자신의 집으로 돌아 갈 수밖에 없다. 인옥의 타자지향적인 혁명적인 시선은 결국 현실적인 논리에 의해 타자, 자신의 바깥 세계와의 진정한 소통이 이루어 질 수 없었다. 결국 초점화자 인옥의 시선을 통해 드러나는 소설 속의 서술은 작가 한말숙의 응시에서 나온 자기 이야기라는 해석을 할 수 있다.

3. 『모색 시대』를 통해서 본 타자 윤리학

『모색 시대』는 한말숙의 다른 작품에서는 거의 나타나지 않은 현실인식을 보여주는 작품이자, 1960, 70년대 한국 초기 자본주의 파행적 현실을 반영한 소설이다. 작가 개인의 가족 체험을 토대로 작품화했다는[152] 또한, 당대 상류층 사회의 의식의 면면을 보여주며 작가 개인의 가족 체험을 토대로 쓰여진 작품이다. 기업 경영에 대해 낭만적 꿈을 가지고 있는 초점인물 시학을 통하여 기업적 현실과 자본을 둘러싸고 벌어시는 갓가지의 파행의 실태를 적나라하게 보여주고 있다.

1) 가족 로망스의 꿈

이 작품에서 초점 인물인 시학은 기업 경영이나 가족에 대해서도 낭만적인 꿈을 가지고 있는 이상주의자이다. 시학 역시 타자 지향적인 인물이다.

시학은 '창신'이라는 제조업을 경영하는 전문 경영인이다. 현실은 권력 있는 한 사람에 의해 전횡을 일삼는 왜곡된 사회이다. 즉 전횡을 일삼는 권력자 앞에서만 아부하고 아첨함으로써 득세하고 왜곡된 현실을 이용, 벼락부자를 꿈꾸는 소인배들로 가득한 부패 사회다. 이런 잘못된 사회 풍토는 사회 구석구석에 서로 영향을 끼치고 사회 구성원의 의식을 왜곡시킨다.

이런 현실의 위기 속에서 시학은 경영에 대한 자신의 꿈, 신용과 의리를 지키는 사람답게 사는 인간의 근본적인 조건을 고수하려고 노력한다. 한 권력자의 전형을 일삼는 왜곡된 자본주의 사회에서 시학의 인본 중심의 경영 마인드는 자본주의 사회에서 실패를 예고하는 것이다.

훌륭한 전통적 가정의 뿌리를 가졌다는 이유로 시학이 인간적인 신뢰를 가지고 임명한 회계 부장인 오 부장은 수단과 방법을 가리지 않고 돈만 모으면 된다는 왜곡된 자본주의 의식의 소유자이다. 오 부장은 회사의 경리부장으로 수금을 해도 안 된 것으로 하고 회사 자본금을 이용 불법 투자를 한다든가, 심지어 회사 자금으로 회사에 고리로 사채를 놓는다든가 등의 갖가지의 악랄한 수법을 동원해서 회사 돈을 횡령하는 인물이다.

회사를 경영하기 위한 여유 자금은 모두 오 부장 주머니로 들어가 버린다. 그래서 회사는 자금 부족에 시달린다. 외국 차관은 그것을 빌리기까지 기다려야 하는 장기간의 오랜 세월도 문제지만 권력자에게 바쳐야 하는 커미션에 선이자까지 줘야 하는 불합리한 조건이 따른다. 거기다 빌린다 하더라도 크게 회사에 도움이 안 된다. 그것도 권력에 아부하는 기업에게만 기회가 돌아간다.

시학은 건물을 팔아 자금 압박에서 풀어나고 싶어도 불경기에 매매조차 불가능하다. 이런 저런 통로가 막힌 시학에게 가정은 유일한 도피처다. 그는 아무리 사회가 혼란해도 가정의 구성원 한 사람 한 사람이 올바로 사회적 역할을 담당할 때 사회는 결코 쓰러지지 않는다는 가족 지상주의자이다. 그들 가족 구성원은 한 사람 한 사람 자기의 영역 안에서 최선의 삶을 살아가는 인물들이다.

> 시학은 이런 때는 가정이 몹시 그리웠다. 세상이 엉망이고 사람이 흉하게 보일 때 가정은 그에게 있어 한 줄기의 맑은 샘물이었다.[153]

시학의 기업 경영에서 위기의식을 느끼고 찾은 곳은 당연히 가정이다. 그러나 시학의 따뜻한 가족에 대한 소망도 자본의 권력이 가족의 공간에 미치는 한은 이루기 힘든 소망이다. 자본주의 권력 사회에서 가정은 자본주의 사회의 확대인 가부장적 사회가 되기 때문이다. 그러나 시학은 자본주의 사회의 권력을 지향하는 인물이 아니라 인본주의 사상을 가지고 있는 인간이 사람답게 살기를 소망하는 반 가부장적 인물이다. 시학과 같은 인간에 대한 배려를 원칙으로 하는 인물이 가정을 지배하는 한, 가정은 따뜻한 가정, 소중하고 돌아가고 싶은 가정일 수밖에 없다. 가장인 시학의 영향력 안에서 가족 각자의 개성에 따라 자기 목소리를 내는 다성악적 가정, 각자가 자신의 신념과 주체적인 경제력을 가지고 살아가는 현대의 주체적이고 개성적인 구성원들이다.

시학의 처 현옥 역시 시학과 마찬가지로 타인에 대한 배려, 의리와 신뢰를 중시하는 인물이다. 그녀는 시골에서 올라오는 손님들을 공경하는 정신과 하인들을 가족과 같은 따뜻한 배려의 정신 속에서 가족의 화목을 도모하는 인물이다.

반면에 동욱의 처 영애나 역시 동욱은 천민자본주의 세례를 받아 사치스러우면서도, 자신들보다 가문의 전통이 미천한 즉 단순히 권력의 힘에 의지, 득세한 졸부들에게는 노골적인 경멸을 보이는 인물들이다. 영애는 전통 가문을 중시하면서도 사치스럽고, 가정을 중시하면서도 자기 헌신은 싫어하고, 회사일과 가정 일을 엄격히 구분하는 공사가 분명한 것 같으면서, 무엇이 더 중요한지 알지 못하는 인물이다. 전통적 가문의식과 자본주의 의식과의 사이에서 흔들리는 과도기의 모순적 인물이다.

시학의 둘째 상욱과 진숙, 막내 딸 남희, 막내 아들 정욱은 확고한 자신의 신념 아래 주체적인 의식과 주체적인 경제력을 가지고 있는 현대적 분화된 인물형이다.

작가는 이와 같은 가족 구성원을 통해 현대 가족관을 보여주고 있다. 이런 가족 구성원 한 사람 한 사람이 사회에서 확고한 자기 역할을 할 때 집안의 가업인 기업이 쓰러진다 해도 사회는 건전하게 발전한다는 것을 가족관을 통해 보여준다. 시학의 가족 로망스는 가족 한 사람 한 사람이 각각의 자기 분야에서 열심히 살아갈 때 가정은 물론 사회도 국가도 발전한다는 전제가 깔려 있다.

2) 『모색 시대』를 통해서 본 현실 인식

현실 인식의 문제는 작가가 현실을 어떻게 인식하느냐의 문제와 작가가 그 당대의 현실을 올바로 반영했느냐의 문제이다. 작가의 현실 인식의 문제는 작가의 세계관과 관련이 있다. 이 작품에서 작가의 세계관은 초점 인물 시학을 통해서 나타난다.

학자의 길을 걷고 싶었던 시학은 아버지의 뜻에 따라 기업 경영인의 길을 걷는다. 시학은 돈에 대한 욕망이나 기업 자체에 대한 욕망보다는 기업의 길을 통해서 治之의 道를 구현하려는 인물이다. 기업을 통해서 돈을 벌려는 의식보다는 멋진 아이디어를 내고 거기에 몰두하고 정렬을 기울여 헌신하다 보면 자본이 창출되고 기업을 성공적으로 발전시킬 수 있다는 순수한 기업 풍토를 염원하는 인물이다.

그러나 현실은 권력가에 아부하지 않으면 재투자를 위한 사본을 확보할 수 없고, 밖으로는 온통 기업가에 손을 벌려 돈을 뜯어가려는 국회의원 후보자, 각종의 단체 후원회 등등으로 가득하다. 안으로도 기업의 자금부장이라는 자가 자신이 몸담고 있는 회사 공금을 횡령하고 사기 치는 부패가 만연한 사회이다. 이럴 때 시학의 기업 철학은 현실적으로 힘을 발휘할 수 없다. 기업의 토대 자체가 흔들리기 때문이다. 시학의 가족 로맨스는 흔들리는 자기 기반 위에서만 의미가 있다.

자본주의 사회에서는 자본의 흐름을 원활하게 유통시킬 수 있는 자만이 기업을 이끌어 갈 수 있다. 시학은 오 부장의 횡령을 알기 전에는 회사 자금 사정에도 밝지 못했다. 아들 동욱의 말대로 기업의 동향 파악이 되지 않는 인물이다. 이상주의적 자신의 꿈과 인간에 대한 기본 신뢰만으로 기업 경영을 하려는 인물이다. 즉 가정과 기업 구성원들에게 경제적 안정을 통해 행복한 삶을 주고 싶은 소망을 가지고 있다. 그리고 오 부장에 대한 처리 문제에 대해서도 기업보다는 우선 인간에 대한 소중함을 생각한다. 아들 동욱이 빨리 경찰에 신고하자는 주장과는 달리 시학은 자신의 기업도 살리고 오 부장도 살릴 수 있는 상생의 길을 고집한다. 시학의 이러한 논리에 대해 동욱은 자본주의 사회에 맞지 않는 논리라고 맞받아 쳤지만 시학 역시 인간의 도리라는 것은 고금의 역사를 불문하고 진리다, 어느 시대에는 통하고 통하지 않는 그런 것은 진리가 아니라고 답변한다.

　기업 경영은 엄연히 현실적 논리를 따를 수밖에 없다. 왜곡된 현실에서 자금의 유통 역시 왜곡될 수밖에 없다. 그 당대의 벼락 권세가 이 현이나 김 실장의 주위에 파리처럼 몰려드는 사람들은 모두 그런 현실적 논리를 따르는 무리들이다. 동욱 역시 회사 부도 이후 건강이 악화된 아버지 대신 경영 일선에서 가족의 안녕을 책임져야하는 가장으로써 새로운 현실적 논리를 따르기 위해 부단히 노력하는 인물로 그려진다.

　자본주의의 타락한 사회에서 타락한 방법으로 살 수 없는 시학은 가정 속으로 숨어 들 수밖에 없다. 부도 이후 건강상의 이유로 집에 머무를 수밖에 없는 이유가 바로 여기에 있다. 왜냐하면 자신의 윤리, 치지의 도가 통하는 가정만이 자신의 지상낙원이기 때문이다.

시학의 시선으로 바라보고 있는 현실은 부패한 현실일 수 밖에 없다. 시학의 치지의 도가 수행 될 수 없는 사회, 곳곳이 부패로 만연된 사회이기 때문이다. 사회 곳곳이 부패로 만연된 사회이지만, 이 작품 속 인물들은 부단히 생각하고 부단히 움직이는 인물들이다. 그런 부단한 움직임을 통해 부패가 만연한 사회이지만, 미래적 전망을 가지고 있는 사회라는 것을 보여준다. 녹재자들에 의해 들어온 차관이 커미션 떼고, 선이자 떼고, 몇 푼 안 되는 돈이 기업가에게 쥐어진다. 그런 왜곡된 자본의 흐름으로 수많은 회사가 도산으로 쓰러지지만 또 다른 회사가 새로 생기고, 새로운 업종으로 바꾸는 사회이다. 그렇다면 작품 속의 당대의 현실은 자금이 정상적으로 유통 되지 않아도 최소한의 자금이 소통되는 사회이다. 물론 초기 자본주의 사회가 가지는 병폐를 짊어지고 있지만, 비록 왜곡된 자금 흐름으로 자금 소통에 어려움을 겪지만, 활기 찬 작품 속의 인물들을 통하여 사회의 밝은 미래를 읽을 수 있다. 일제 시대의 현실을 반영한 염상섭의『삼대』, 이기영의『고향』, 김남천의『대하』에서 보여주는 돌파구 없이 꽉막힌 우울한 현실이 아니다.

자본주의 사회의 가장 핵심 문제인 자본 흐름의 문제가 어떻게 왜곡 변질되었느냐를 작가는 깊이 성찰, 현실을 반영한 작품이다. 시학의 치지의 도가 자본주의 사회에서의 경영 원리로 작용, 사람답게 사는 사회를 만들기 위해 기업을 경영한다면, 현실은 혼탁하지 않을 것이다. 시학이 가정 속으로 스며 들 수밖에 없는 것은 자본주의 사회에서 시학의 치지의 도는 실현 될 수 없는 꿈에 불과함을 보여준다. 자본주의 사회는 결국 자본의 논리를 따른 이윤 창출에만 목적이 있기 때문이다.

시학을 통하여서 본 한말숙의 현실인식은 기업 경영 역시 인간이 사람답게 살기 위한 한 방편으로 인식한다. 그렇다면 기업 경영은 이윤 창출이라는 기업의 주목적과 인간답게 살기 위한 수단으로써의 기업 경영이라는 두 대척점 사이에서 갈등이 발생할 수밖에 없다. 두 대척점 사이에 이 작품에서처럼 권력의 횡포까지 작용하면 현실은 더 복잡할 수밖에 없다. 여기서 작가는 결국 현실의 논리를 따를 수밖에 없음을 보여준다. 기업은 이윤 창출이 주목적이기 때문이다. 그러나 인간답게 살기 위한 삶 또한 포기할 수 없는 문제로 보고 있다. 이 작품에서 시학이 자금 부정을 쉽게 경찰에 고발하지 않는 이유는 바로 어떤 잘못을 저질렀다고 해도 쉽게 포기 할 수 없는 것이 인간이기 때문이다. 인간이 하는 모든 사업은 인간을 인간답게 살게 하기 위한 것이기 때문이다. 작가는 인본주의 정신을 가지고 있는 시학을 통해서 권위주의 사회 체제의 모순을 가정의 가족 한 사람 한사람의 주체적인 개성적 인물들의 통합과 화합에서 해답을 제시한다.

이런 작가의 논리는 등단 초기부터 또 한말숙의 작품 전체에서 나타나는 근대성에 바탕을 둔 현실논리이다. 초기 작품, 「별빛 속의 계절」에서 영식이 하우스 보이의 직업을 잃고도 불안해하지 않는 것은 자기 존엄 때문이다. 즉 하늘의 빛나는 별처럼 각자의 삶의 질서를 지키는 것이 인간이 각자 갈 일이라는 자기 실존의 법칙을 인식하고 있기 때문이다. 또 한말숙의 대부분의 단편이나 장편작품들의 가족 관계에서 드러나듯, 가족이라는 공동 운명체 속에 있으면서도 각자의 삶의 궤도를 따라 걷는 우주의 법칙, 공전과 자전을 동시에 할 수 밖에 없는 근대적 가족관계, 근대적 개인성에 바탕을 두고 있다. 이런 한말숙의 현실관 역시 위험을 내재하고 있다. 아무리 개인 한 사람 한 사람이 진정한 삶을 향해 발을 내디딘다고 해도 현실이 왜곡되어 있을 때는 발 디딜 곳이 없다. 결국 이 작품 속의 시학처럼 한말숙의 지상 천국인 가정 속으로 숨을 수밖에 없다.

3) '治之의 道'와 타자 윤리학

시학의 치지의 도인 타자에 대한 배려는 진정한 의미에서 타자와의 소통을 매개로 한 것이 아니라 동일성에 의해 매개되어 있다. 타자가 배려의 대상이 되는 순간 타자와의 소통의 길은 막혀 버린다. 타자와의 차이를 인정하고 주체의 힘의 균형 즉 동일성이 와해될 때 진정한 소통이 이루어진다. 그러나 타자에 대한 배려는 이미 힘의 불균형을 전제한 강자의 약자에 일방적인 돌봄의 철학이다. 타자의 차이를 인정하고 소통을 매개로 할 때 타자성이 발생한다. 이 타자의 타자성은 우리의 삶에 지울 수 없는 상처와 흔적을 남긴다. 그로 인해 자신의 삶을 송두리째 바꾸어버릴 폭풍우가 밀려온다. 타자성을 통해 진정한 의미에서의 타자와 차이를 경험했고 그에 따라 자신을 변화시켰기 때문이다.

배려는 약자에 대한 인정과 온정적인 개념이다. 배려는 언제나 강자의 편에서만 논할 수 있는 일방적인 개념이다. 타자와의 소통을 전제로 한 개념이 아니다. 그렇기에 시학의 치지의 도는 현실과의 소통이 이루어지지 않는다. 시학은 자신의 치지의 도가 통할 수 있는 자신의 가정 속으로 숨어들 수밖에 없다. 왜냐하면 인정과 배려라는 시학의 동일성을 유지한 채로 관조적이고 표면적으로만 상대방과 만남을 유지하는 형식이기 때문이다. 타자를 보호와 동정의 차원에서 돌봐주어야 할 약자로서만 대우 할 뿐이기 때문이다.

4. 『아름다운 靈歌』에 나타난 타자 윤리학

이 작품은 1980년 1월부터 1981년 1월까지 『한국문학』에 연재
한 후 그 해 한국문학사에서 「아름다운 靈歌」라는 제명으로 출판
되었다. 1983년 한국문학진흥재단에서 이 작품을 프리몬트(Fre-
mont) 출판사에 의뢰, 영역본 출판을 시작으로 독일, 프랑스, 이탈
리아, 중국, 일보, 폴란드, 체코 등으로 8개국으로 번역 출간되었
다. 1987년 인문당에서 똑같은 제명의 책이 중판되었다. 1993년
인문당판 재판을 찍으면서 표지에 1993년 노벨문학상 추천후보
작이라고 게재되어 있다. 이것은 이 작품이 8개국으로 번역된 데
힘입어 1991년 국제 펜클럽 한국 본부에서 노벨문학상 후보작으
로 선정된 것을 광고 효과를 위해 게재 한 것이라 생각된다. 또
이 책은 2000년 솔과학출판사에서 『아름다운 영혼의 노래』라는
제목으로 다시 중판되었다.

1983년 이 책이 몇 개의 외국어로 번역되자 『코리아헤랄드신
문』 7월 17일자에서는 「삶과 죽음을 생각하는 소설」이라는 제목
으로 이 작품을 다루었다. 이 기사에서 기자는 한말숙의 『아름다
운 靈歌』는 보기 드문 종교적인 질문들을 제기하고 있다. 서양 사
상의 영향에도 불구하고 삶과 죽음에 대한 동양 사상적인 통찰력
을 가지고 작품을 형상화하고 있다고 했다. 1984년 4월 *Asia
week*에서 기사화하고 있고, 1993년 *Koreana* 7권의 문학 코너에

서 「경계를 넘어서, Across the borders」라는 제목으로 이 작품을 다루고 있다.

특정 출판사와 외국 번역가의 이 책에 대한 높은 평가에도 불구하고[154] 이 작품에 관한 연구자들의 평가나 연구는 소극적이다. 이 작품에 대한 본격적인 연구는 거의 이루어지지 않고 있다. 여성 연구자들이 모여 페미니즘적 시각에서 다양한 작가를 다룬 『한국여성소설연구』[155]에 「여성소설의 집과 공간의 시학」이라는 소제목 하의 몇몇 논문 중에 하나로 쓰여진 김정자의 「한말숙 소설의 '바람' 성향과 '영가'」가 있다. 이 연구는 2000년 솔과학에서 나온 단행본의 서평으로 책 뒤에 덧붙여 출판됐다. 그 때는 「한말숙 소설의 공간의 의미」로 제목이 바뀌었다. 김정자의 이 연구는 이 작품에 나타난 '바람'의 양상과 그 공간적 의미를 다루는 연구 논문이기 때문에 이 작품이 정작 다루고 있는 본질적인 문제들, 동양학적 통찰력으로 바라 본 삶과 죽음의 문제는 피해 가고 있다.

한말숙은 『아름다운 靈歌』 서문 「작가의 말」에서 다음과 같이 서술하고 있다.

사람은 죽으면 어떻게 되는가? 왜 더러 고약한 사람이 현세에서 잘 지내고, 예수 같은 사람이 십자가를 지는가? 새삼스러운 의문은 아니나, 이 오랜 의문을 한 번 골똘히 잡고 늘어져 보았다. 물론 뚜렷한 결론은 아직 얻지 못했으나, 지금 말할 수 있는 것은 우리의 생명은 결코 나의 힘 때문이 아니라, 모든 죽은 혼과 눈에 보이지 않는 — 신神이라 할까 — 그 무엇의 사랑의 힘 때문에, 혹은 그 의지 때문에 지탱하고 있다는 것이다. 그 힘이 없으면 한시라도 어떤 인간도 살 수 없다. (…중략…) 즉 사람은 자연의 일부이고 사랑은 생령(生靈)과 사령(死靈)과 보이지 않는 그 무엇인가의 사랑과 믿음의 의지의 힘으로 생명을 유지하고 있는 것이다.[156]

레비나스에게 주체의 의미는 자신의 바깥으로 향하는 것에 있는데 이것은 주체의 본래적인 타자성 때문이라는 것이다. 또 타자에 대한 관심에 의해서만 무한성을 경험하고 신에 대한 관념을 갖는다라고 했다. 위의 인용문에서 한말숙의 "우리의 생명은 결코 나의 힘 때문이 아니라"는 실존적 자각은 타자에 대한 관심의 표명이다. 세계는 신에 대한 인간의 신앙을 갖도록 일깨우는 유배의 장소며 신이 자신의 모습을 드러내지 않는 부재의 공간이다.[157] 부재적인 신의 존재로 인해서 우리들은 타자지향적인 삶을 살 수밖에 없다. 이런 타인을 향한 욕망은 곧 사랑의 윤리를 가져 온다. 그래서 타인에 대한 '나'의 희생은 곧 신을 향한 주체의 대속이며 이것은 신이 기뻐하는 윤리다. 사랑은 인간에 대한 신의 부성을 의미하며 가족, 이웃, 타인들 사이의 박애로서 표현되는데 인류를 구성하는 힘이다. 타자는 '나'와 구분된 또 다른 인간이 아니라 바로 나에게 생명을 가져다 준 인간이고 자연이며 신이다. 따라서 존재실현은 타자들에게 향하고 있으며 그들과의 만남이 있을 때

가능하다. 위의 인용문에서 보여주는 것처럼 우리의 실존은 모든 죽은 혼과 눈에 보이지 않는 그 타자들의 사랑의 힘 때문에, 혹은 그 의지 때문에 지탱하고 있다는 타자 윤리학을 보여준다. 이 작품에서 초점화자 유진의 정체성은 유진 속에 있는 것이 아니라 타자들에게서 열려서 형성된다. 자신에 영향을 주는 석규, 오 현도 사로 자신을 끊임없이 해체시키고 분리시킨다.

작가는 주제를 전달하기 위한 방법으로 다양한 죽음과 관련된 꿈 예시, 환상, 환각뿐만 아니라 과거 우리 역사의 급변을 예시했던 자연 현상 등 역시 존재에 영향을 미치는 타자들이다. 작가가 구성을 '겨울-봄-여름-가을'로 구성하고 있는 것도 삶이 주체의 의지에 의해서가 아니라 타자들과의 관계 외엔 아무 것도 아니며 그 떨어 질 수 없는 관계를 존재의 바깥, 자연 질서의 외연적인 것에 의존할 수 없는 것임을 보여주는 구성이다.

이 작품의 중심인물인 서술 화자, 유진은 자신의 분신과 같은 존재 석규에게 사로잡힌 존재다. 석규에 대한 순수한 사랑에 의해 비롯된 유진의 타인에 대한 사랑은 삶과 죽음을 초월해 존재하면서 존재의 동일성을 해체한다. 즉 석규라는 새로운 낯선 존재를 받아들이면서 자신의 동일성은 사라지고 새로운 주체로 거듭나게 된다. 이 작품에서 가장 타자성을 잘 보여주는 것은 손정임의 유산이다. 이 작품의 핵심 서사는 '유진의 서 외조모의 처참한 죽음과 죽으면서까지 지키고자 했던 그녀가 남긴 유산이 어떤 경과를 통해 선한 목적에 사용되어지는가'이다. 그런 서사 과정 속에 인간의 삶과 죽음에 보이지 않는 타자의 힘이 작용한다는 것이다.

이 작품의 주제는 인물들의 대비를 통해서 드러난다. 인물의 대비는 유진을 중심으로 엮어진다. 철저히 타자지향적인 유진과 오 현도사, 이기적인 욕심으로만 살아갔던 존재들의 다양한 죽음을 통해 각기 다른 존재 양식과 의식의 차이를 대비적으로 보여준다.

1) 다양한 삶의 존재 양식과 죽음

이 작품에서는 다양한 삶의 존재양식을 보여주기 위해 유진-상준, 정임-오 현도사, 장박사 부부-남기철 부부, 강 노인-석규 등 대립적인 인물상을 보여준다. '겨울-봄-여름-가을'로 구성되어 있는 작품에서 첫 장 겨울에서 독자가 만나는 것은 손정임의 끔찍한 죽음이다.

이 작품은 1년 동안 영천(靈泉) 약수터를 끼고 일어나는 서술 화자 유진의 주위 사람들의 죽음과 삶을 다룬 서사다. 이 작품의 각 장마다 한 사람씩의 죽음을 만나게 된다. 첫 장인 겨울 장에서는 손정임의 끔찍한 죽음을, 봄 장에서는 남기철의 죽음을 여름 장에서는 장박사의 자살을, 가을 장에서는 석규와 강노인의 죽음을 만난다.

이 작품의 핵심 서사는 유진, 오 현도사, 석규를 통해 전달되지만, 남기철 부부나 장 기호 박사 부부는 유진이나 오 현도사의 타자지향적인 삶의 대비적인 관점에서 의도적으로 끌어들인 인물들이다. 유진과의 관계 속에서 서사가 지속되다가 남기철이나 장기호 박사의 죽음으로 서사는 더 이상 진행되지 않는다는 것은 두 사람은 특정한 목적을 위해 설정된 인물이라는 것을 보여준다. 그러나 그렇게 유진과는 친밀한 관계를 가지고 있지 않은 오 현도사나 석규의 이야기는 작품의 말미까지 지속된다. 이것은 작가의 서사적 초점이 어디에 있는지 보여주는 것이다. 오 현도사가 동양 전통의 사상이 깊이 각인된 인물이라면 석규는 기독교의 어린 사도로서 설정되어 있다.

① 손정임과 오 현도사의 대비

손정임은 서술 화자인 유진의 서 외조모였다. 손정임은 17살 때 유진의 외할아버지의 소실로 들어온 여자였다. 할아버지가 죽자 또 다른 남자 소실로 갔다. 또 그 남자가 심장마비로 죽자 그가 두고 간 저금통장과 땅문서로 큰 부자가 된 여자였다. 이 작품의 시작은 그 남자가 죽은 지 10년이나 지난 시점이다. 손정임은 어느날 그 남자와 동침하는 환락의 꿈을 꾸게 된다. 꿈을 꾼 후 며칠 안 돼 안면부지의 그 남자의 손자들이 나타나 땅을 돌려줄 것을 협박한다. 손정임은 사주를 보는 오 현도사의 이야기를 듣고 자신의 죽음을 예감한다. 그리고 유산 상속을 누구에게 할 것인가를 고민한다. 오 현도사와 교회, 유진을 생각하고 유진에게 전화를 했지만 유진은 거절한다. 유진과의 통화가 있은 그 다음날 그 손자들에게 손정임은 처참하게 죽음을 당한다.

손정임이 돈에 집착하는 한 그 집착으로 인해 존재의 흐름은 막혀 있다. 정임은 남의 몫을 가로채 타인의 숨통을 틀어쥐고 있을 뿐만 아니라 그 돈에 집착하는 한 자신의 삶도 다른 사람과의 소통이 불가능하다. 물질로 인해 남의 숨통을 틀어막는 행위는 바로 남을 죽게 하는 것이다. 숨통이 틀어 막힌 사람이 몸부림칠 때 그 상대자는 해를 당할 수밖에 없다. 특히 똑같은 류의 인간일 때 그것은 죽음으로 이어진다. 남자의 손자들 역시 돈에 집착하는 손정임과 같은 인간이다. 손정임과 똑같은 그 손자들까지 죽을 수밖에 없는 인물들이다.

물질의 유통을 가로막았던 손정임은 처절한 죽음에 의해서 물질을 사회에 환원할 수밖에 없었다. 손정임은 죽기 전에 기독교인이 되었고, 기독교인이 됨으로써 죄사함을 받은 인물이다. 그러나 불교적으로는 인(因)이 제거되지 않은 상태다. 그 결과로 손정임은 한 때 동거했던 최광수의 손자들에게 살해당했다. 탐욕은 탐욕을 부른다고 최광수의 손자들 역시 자신들과 무관한 할아버지 재산을 탐했기 때문에 죽음을 면키 어렵다. 결국 최광수의 재산으로 이루어 놓은 건물과 손정임의 집은 세 사람의 죽음을 통해서 정화된다. 손정임이 교회와 오 현도사에게 남긴 것은 교회와 오 현도사의 인품을 믿기 때문이다. 손정임의 죽음을 통해서 정화된 돈은 결국 석규를 통한 구제 사업으로 사용되기 위한 것이다.

여기서 작가는 손정임의 삶과 오 현도사의 삶을 대비한다. 손정임이 남자의 소실이 되어 교언영색으로 남자의 호주머니만 노려 10억대의 재산을 가졌지만 정임은 늘 외롭고 분했고 불행했음을 서사를 통해 확인시켜준다. 삶은 타자와의 소통 속에서 무한한 기쁨과 새로움을 창조해야 함에도 정임은 자신 속에 갇힌 이기적인 삶 속에서 고독과 외로움 속에서 빠져 나오지 못했다.

반면 오 현도사도 남편이 소실을 얻어 불행했었다. 그런데 오 현도사는 자신의 불행과 고통을 통해 타인지향적인 타자성을 획득한다. 젊었을 때 금강산에서 수도한 덕에 남의 운명을 점치는 것으로 돈을 얼마든지 벌 수 있는데도 허욕을 부리지 않고 늘 최하의 의식주만 해결하며 자신보다는 타인을 먼저 생각하는 타자지향적인 삶을 산다. 그런 초월적인 삶은 매번 새로운 삶의 의미를 깨닫게 해주었다. 오 현도사는 스승의 가르침을 통해서 사주보다 관상이 좋아야 하고 관상보다 마음을 잘 다스려야 성공적인 생이라는 타자지향적인 생각을 가지고 산다. 그런 오 현도사는 언제나 행복해 보였고 아름다웠다.

오 현도사는 불교의 인과설이나 노장 사상에 의해서 인간의 삶을 단지 현세의 삶으로 끝나는 것이 아니고 과거와 미래와의 연관 속에서 삶을 바라본다. 오 현도사는 현재로 끝나는 삶이 아니기 때문에 인간은 타자지향적인 삶을 살아야 한다고 생각하는 인물이다. 현재를 뛰어 넘고 자신을 초월한 무한성 즉 타자성 속에서 삶을 살 때 삶은 빛을 발한다. 그것은 타자에 대한 책임감에서 비롯된다. 오 현도사가 부자인 손정임이나 살인을 저지른 최광수의 손자들의 뒤치다 거리를 위해 성심성의껏 하는 태도는 타자에 대한 외경심이 자리 잡고 있다. 그리고 석규나 강노인에 대한 지극지심은 이런 타자에 대한 책임감과 함께 타인에 대한 외경심이 자리 잡고 있기 때문이다. 그렇기에 작품의 마지막까지 손정임의 유산을 선하게 사용하기 위해 노력하는 인물로 설정되어 있다.

② 두 부부의 소통되지 않는 사랑

유진의 대학 선배이면서 첫사랑이었던 남기철의 부부 관계는 부부이지만 서로를 구속하지 않는 자유스러운 관계이다. 유진의 학교 동료이기도 했던 부인 영희는 유진이 폐렴으로 입원했을 때, 남편 남기철에게 애인이 죽을 지도 모르니 빨리 특별 면담을 요청, 병문안을 다녀오라고 독촉을 하는가하면, 결혼은 아이를 만들기 위해 필요한 것일 뿐이라는 생각을 가진 급진적인 자유주의자이다. 그래서 부부관계 역시 자유스럽다. 남기철은 유진의 병문안으로 돌아온 날 갑작스런 심장 발작으로 죽음을 맞는다. 남기철이 죽은 후 영희는 프랑스 유학을 떠난다.

반면 장기호 박사 부부의 관계는 서로가 서로를 구속하는 관계이다. 부인 영숙은 남편과는 서로 사랑해서 결혼했지만 남편이 결혼 후 곧 자신에게 냉담하다는 것을 알고 남편을 증오하기 시작한다. 그 후 결혼 생활은 남편에게 복수하기 위한 것이다. 남편 역시 사회생활조차 가로막으며 매 시간 자신하고만 시간을 함께 해야 사랑하는 것으로 생각하는 영숙의 속 좁은 인간관계에 염증을 내고 이혼을 결심한다. 그 순간 영숙이 위암으로 확정 받자 이혼도 못한다. 그 후, 영숙의 히스테리에 절망하며 어쩌지 못하고 살고 있다가 약수터에서 만난 유진을 사랑하게 되고 유진과의 불륜도 견디지 못하고 자살로 생을 마감한다.

진정한 사랑은 소통이다. 그러나 이들 부부는 자신의 동일성을 유지하게 위해 타자를 삶의 짝으로 인정하기를 거부하는 경우다. 남기철 부부가 서로의 필요에 의해 부부 관계를 맺고 서로에 대한 책임을 회피하듯, 장기호 부부 역시 자신의 동일성을 유지하기 위해서 타자인 부인마저도 받아들이기 힘들어 한다. 부인 역시 자신의 성 속에 갇혀있다. 자신 속을 비워 놓고 타자를 있는 그대로 받아들이는 것이 아니라, 자신의 동일성이라는 테두리에서 벗어나면 받아들이기 힘들어 한다. 소통을 위한 대화는 서로가 자신의 욕망을 상대방에게 투사하고 투사받기에 전이가 일어나고 그 전이는 끝없이 이어진다.

반면 장기호 박사 부부의 사랑은 이런 대화적 사랑이 아니고 상대방을 통해서 자신에의 사랑을 확인받고자 하는 이기적이고 나르시스적인 사랑이다. 영숙은 자기의 이상형인 남편을 자아 이상과 일치시킨다. 자신을 이상화시키고자 하는 욕망이 클수록 남편을 이상화하고 그럴수록 환상의 폭이 크기 때문에 실망 또한 크다. 그것은 장기호 박사의 경우에도 마찬가지다. 부인의 현실보다는 자기 이상형을 부인에게 씌우고 거기에 따른 환상을 부인에게 보고 싶어 한다. 그 환상은 깨어지고 절망감만 온다. 이 둘의 부부 관계는 부부라는 이유만으로 서로를 영원히 화석화시키는 관계이다.[158]

장기호 박사 부부는 부정확하고 허약한 자기상으로 서로에게 분노, 충동, 적대감, 공격성을 가질 수밖에 없다. 그들은 같은 공간 안에 살아도 산 것이 아니다. 장기호 박사의 죽음은 정신적인 죽음을 육체적인 죽음으로 옮겨 놓은 것이다.

작가는 남기철과 장기호 박사의 죽음을 그들 부부의 생존 양식에 맞추어 서사화한 것이다. 부부가 서로가 서로에게 자유와 구속이라는 생존 방식에 의해서 남기철은 심장 쇼크사로 인한 죽음으로 무한한 자유를 갈구하는 아내 영희에게 자유를 주었고, 아내라는 이유만으로 남편을 구속하려는 영숙에게 장기호 박사는 자살이라는 극단적 방법을 택해 죽음으로써 자신의 운명에 대한 혐오를 표현하고 싶었음을 보여준다.

노자에 의하면 "모든 대립은 상호적으로 동시에 발생한다"[159]고 한다. 장기호가 부인의 구속에서 벗어나지 못하는 이유는 자신의 내부 속에 부인과 같은 내적 요인들을 가지고 있기 때문에 부인을 미워하면서도 떠나지 못하는 것이다. 자신 속에 부인을 구속하고 싶은 내적 갈등을 부인에게 발견하고 부인을 감싸 안을 수 없는 자신에 대한 미움이 아내에게 전이되고, 아내에게 분노를 폭발한다. 부인은 결국 장기호 박사의 또 다른 내면이다. 장기호 박사가 자신의 이분법적인 사고를 인정했더라면 자살에 이르지는 않았을 것이다. 즉 자신 속의 타자를 통해 자신의 분열적인 면을 인정하고 받아들였다면 부인에 대한 이해가 가능했을 것이다. 그랬다면 부인과의 동질감을 가지게 되고 신뢰감이 생겼을 것이다. 그럴 때 비로소 부인과의 소통이 가능했을 것이다. 이럴 때 경계는 자연스럽게 사라진다.

③ 초점인물 유진의 타자 윤리학

이 작품 속에서 작가의 경험적 자아이면서 서술 화자인 유진과 남편 상준은 가장 현실적이고 구체적인 존재 양식을 보여주는 인물들이다. 다른 인물들이 다분히 극화된 인물들이라면 가장 합리적이고 정상적인 삶을 꾸려가는 이상적인 인물들이다. 유진은 약수터에서 만난 고물을 주워 겨우 생활을 유지하는 강 노인과 그의 외손자 석규를 자신들과는 전혀 다른 부류의 인물임에도 석규를 통하여 보여주는 사랑은 이방인을 이방인이라 생각하지 않는 타자지향적인 삶을 보여준다. 즉 타자 윤리학을 통해 타자성을 보여주는 인물이다.

레비나스는 타자와의 관계가 강요되는 것은 신과 함께 있음의 증거이고 본질적으로 타자에 대한 책임감은 자신의 의지에 따른 선택이 아니라 인간의 근본적인 본성에 의해 외부세계에 자신을 개방하는 행위라고 했다. 또 타인에 대한 관심은 이웃에 의한 사로잡힘 즉 본의 아니게 사로잡히는 것, 말하자면 아픔이라고 했다. 유진은 석규에게 그야말로 사로잡힌 존재다.[160]

유진은 석규가 죽음에 이르기까지 그의 삶에 적극적으로 개입, 강 노인과 석규를 도와준다. 작가는 전혀 때 묻지 않은 어린 소년 석규를 유진의 윤리적인 갈등이나 경제적으로 어려움에 처했을 때 구원자처럼 등장시켜 마치 유진의 수호신과 같은 존재로 설정하고 있다. 작가는 유진의 또 다른 순수한 자아로서 석규를 설정, 인간의 순수성을 부각시키고 있다. 유진은 자신의 분신인 석규 때문에 두 번이나 죽을 뻔 했지만 수호신 석규 덕분에 살아난다.

유진은 중학교 교사로서 지성적인 의식의 소유자라기보다는 불교의 인과응보설을 믿고 있는 오 현도사의 의식에 공감하는 감성적이고 동양적 사고에 젖어 있는 인물이다. 작가는 한 잡지사의 인터뷰에서 "주위 사람들은 죽고, 죽은 후 여전히 살아있는 사람들과 관계를 맺고 있다는 생각과, 항상 눈에 보이지 않는 그 무언인가가 우리를 돌보고 있다는 막연한 생각들을 글로 표현해보고 싶었다"[161]고 했다. 작가의 이런 생각들은 서술 화자 유진을 통해서 그대로 드러난다.

반면 중소기업을 운영하는 남편 상준은 이성적이면서 합리적인 의식의 소유자이다. 상준은 유진의 사고의 비합리성을 지적하며 유진의 지성이 의심스럽다고 반박한다. 예를 들면 작품 초반에서 프랑스에 유학하고 있는 유진 동생 수진의 꿈에 죽은 아버지가 나타난다. 수진이 '형부가 추진하고 있는 합작투자 하려는 것을 말리라'는 꿈을 전화로 전해들은 유진이 남편 상준에게 알렸지만, 상준은 미신이라며 들은 체도 않는다. 반면 유진은 남편 상준이 합작 투자하는 것을 알지 못하는 동생 수진의 꿈은 바로 남편의 사업의 실패를 예시한 꿈이라고 생각하는 인물이다.

작품의 후반부에서는 남편의 사업은 결국 합작투자에 실패한다. 이 실패한 부분에 대해서도 두 사람의 의견은 엇갈린다. 유진은 수진의 꿈 이야기를 했을 때 그만 두지 않았기 때문에 결국 사업에 실패했다고 남편을 힐난한다. 대신 상준은 유진의 힐난에 아랑곳 하지 않고 사업의 실패의 원인은 자신의 허욕 때문이라 생각한다. 일확천금의 허욕 때문에 판단이 잘못되어 일본 사람을 쉽게 믿게 되었고, 그것이 사업 실패로 이어졌다는 것이라고 분석한다. 상준의 사고가 과학적이고 이성적이라 한다면, 유진의 생각은 위의 인용한대로 인간의 삶은 알지 못하는 불가사의한 힘에 의해서 불행해지기도, 혹은 행복해지기도 하는 어떤 것이라고 생각한다.

유진의 남편이 사업 실패 후, 남편이 실패를 솔직히 인정하고 새로운 기분으로 시작하는 수밖에 없다고 했을 때 유진은 남의 말에 귀 기울이지 않는 남편을 힐난한다. 은행 대출로 저당 잡힌 집에서 쫓겨나야 하고 형편없는 곳으로 이사를 가야 하는 현실을 받아들이기 힘들어 한다. 유진은 자기의 환경과 분리되려는 순간 죽음을 생각하고 공포에 휩싸인다. 그러나 유진의 공포로부터 해방은 손정임의 유산으로 남긴 건물이 팔리면서 오 현도사의 유산의 몫이 석규에게, 석규 유산의 몫을 유진 남편의 회사에 투자를 결정하면서 구원된다. 이런 과정 속에서 유진은 자신의 타인에 대한 사랑이 자신이 다치지 않는 범위 안에서만 가질 수 있는 허위의식에 지나지 않았음을 자기 반성한다. 그 반성은 남편과의 대립을 통해서 일어난다. 즉 남편과의 이런 대립에 의한 갈등은 서로 상호 침투를 통해 경계가 허물어지면서 자기반성을 거쳐 새로운 국면을 맞이한다.

유진은 옷을 챙기던 손을 멈추고 상준을 한참 동안 바라보았다. 그녀는 주책스럽게만 여겨 왔던 상준이 확실한 생활철학을 나름대로 가지고 있는 것에 내심 놀랐다. 그러나 그녀는 이렇게 말했다.

"당신의 인생관도 좋지만 나는 싫어요. 돌다리도 두들기며 갔었다면 가족을 이 지경에 떨어뜨리지 않았어요!"

"아직도 시간의 여유는 있고, 내 인생은 끝난 것 아니냐. 사는 것 자체를 즐길 줄 알아요. 좀 나는 당신처럼 휴머니스트도 아니고, 꿈이니, 심령술이니, 영혼이니, 내세니, 예수 그리스도니 하고 부리나케 뛰어다니고, 얻어 듣고 다니지도 않아. 그러나 좋던 궂던 인생을 즐기며 살 줄만은 알아."[162]

그녀의 휴머니즘은 상준의 말대로 감정의 사치였지 않았던가? 제 몸은 구름 위에 올려놓고, 밑을 내려다보고, 동정심의 중압감을 견디기 어려워서 그 중압감을 배설하려는 행위가 아니겠는가? 냉혈함보다는 그야 물론 백 번 낫겠지. 그러나 남이 겪는 고통을 나만은 왜 부당하다고 생각하는가? 특권 의식이 뿌리 박혀 있지 않았나? 아름다운 옷을 입은 그 얄량한 휴머니즘의 내부는 그런 오만이 진을 치고 있었지 않았던가? 추하고 위선이다.[163]

첫 번째 인용문에서 남편이 유진을 비판하자 잠시 유진은 자기 반성과정을 거쳐 두 번째 인용문처럼 유진이 자기혐오에 빠지면서 고통을 느끼기 시작한다. 이 고통의 과정 속에서 삶의 거짓 몸짓이 아닌 삶의 진정한 실체를 느끼고 깨어나야 함에도 유진의 수호신으로 설정한 석규의 등장으로 그 고통은 무화된다. 유진이 자기반성대로 석규에 대한 유진의 태도는 '얄량한 휴머니즘'인 것이다. 즉 상대의 평안과 복지를 위해 타인을 잘 대해줄 뿐이다. 석규나 강 노인과 같은 가난하고 나이든 사람들, 그리고 유진 자신들보다 사회적 서열에서 아래인 사람들, 못난 사람들을 돌보아야 한다는 휴머니즘의 관점에서 석규와 강 노인을 도울 뿐이다. 이것은 가진 자가 못가진 자에게, 권력 있는 자가 권력 없는 자에게 가지는 아량이고 관용일 뿐 타자에 대한 진정한 사랑에서 나온 것이 아니다. 자신과의 동일시를 통한 타자의 사랑만이 진정한 사랑이다. 유진의 석규나 강 노인에 대한 사랑은 여유 있을 때 조금 나누어주는 동정일 뿐 진정한 사랑은 아니다. 그러기 때문에 이 작품에서 초점화자는 유진이지만, 서사를 이끌어가는 인물은 오히려 오 현도사이다. 유진은 오 현도사의 철저하게 타자 지향적 의식에 이끌릴 수밖에 없다.

④ 석규의 죽음을 통한 미래 기획

이 작품에서 석규는 유진과 오 현도사에게 타자로서의 얼굴과 영원한 빛으로서의 신의 얼굴을 중의적으로 보여준다. 석규의 천진하고 순수한 모습은 육체적으로 강림한 신의 모습이다. 유진은 석규의 모습을 통해 초월자 신의 모습을 읽으며 동시에 인간적인 얼굴 속에서 자신의 모습을 발견한다. 찬송가를 흥얼거리는 모습 속에서 신적인 계시의 모습을 볼 수 있으며 그것은 신이 만물의 생성에 영적인 힘을 주는 에너지처럼 유진과 오 현도사를 사랑으로 인도한다.

작품의 모든 인물이 작가의 의도에 따라 만들어진 인물이지만, 특히 석규는 제목 '아름다운 靈歌'에 나오는 그 아름다운 영혼을 상징하는 인물로 작품에서 가장 중요한 인물로 설정되어 있다. 석규는 할아버지 강 노인을 따라 약수터에 다니며 교회를 놀이터 삼아 들락거리는 인물이다. 거처할 집이나 끼니를 제대로 해결할 수 없는 가난 속에서도 그런 것에는 아랑곳 없이 순수하고 어리기 때문에 교회의 가르침이 그대로 그의 의식에 각인된다. 마치 기독교의 어린 사도처럼 가르침을 주위 사람들에게 전파한다. 석규의 믿음 덕분에 강 노인은 죽기 전에 기독교 세례를 받는다.

처절한 가난과 대비된 석규의 이러한 순수한 의식은 유진이나 오 현도사에게 안타까움을 동반했고, 두 사람은 석규와 불우한 운명의 강 노인을 도와주기 위해 헌신을 다한다. 결국 오 현도사가 손정임에게 물려받은 유산을 석규에게 물려주기로 제의한다. 유진의 남편이 도산 위기에 빠졌을 때 회사에 투자해 그 이익금으로 석규를 도와주기로 한다. 그러나 석규가 불의의 죽음을 당하게 됨에 따라 그 유지는 석규와 같은 불우한 어린이들에게 도움을 줄 것으로 끝을 맺는다. 석규는 자신의 운명의 십자가를 졌지만 수많은 석규의 열매가 풍성하게 열릴 것을 예언하고 있다. 그런 의미에서 가을 장으로 작품이 마감되는 것도 작가의 의도된 설정이라는 것을 보여준다.

석규는 인간의 선한 의지, 죽은 혼들의 선한 영(靈)의 집합체인 상징적 인물이다. 석규는 유진이 장기호 박사와의 불륜의 장면에 불쑥 방문, 유진이 장기호 박사와의 관계를 새롭게 되돌아보게 되는 계기가 되는가 하면, 유진 남편 회사의 일본과의 합작이 실패, 파산 직전 유진에게 불쑥 나타나 오 현도사가 손정임의 유산인 건물이 팔리게 되어 유진네 회사에 투자하기로 했다는 소식을 전한다. 덕분에 유진네 남편의 회사는 구사일생으로 회생된다. 이렇게 석규는 유진에게는 수호의 신으로 오 현도사나 강 노인에게는 새로운 생명을 주는 희망이었다. 석규의 갑작스런 죽음 후 오 현도사의 울부짖음은 바로 자신의 희망과 사랑을 잃은 한탄이나 마찬가지다.

할아버지에게 석규는 사랑이요, 희망이요, 천사였지요. 그리고 나에게는 희망이며, 사랑이었습니다. 내 목숨도 아끼지 않은 사랑이었습니다. 이제 우리 두 사람은 그것을 깡그리 잃어 버렸습니다. 우리들은 어떻게 살아야 합니까?[164]

　오 현도사는 석규의 죽음을 통해서 기독교를 새롭게 보는 계기가 되었고, 결국 기독교도가 된다. 예수가 말한 '나를 믿는 자는 천국이 네 것이요'는 마음의 천국을 지적한 예수의 가르침이 오현도사의 믿음과 일치된 것이기 때문이다. '사주보다 관상이 좋아야 하고 관상보다 마음이 좋아야 성공적인 생'이라는 평상시의 오 현도사의 철학과 일맥상통하는 것이기 때문이다. 결국 석규를 통해 동양의 전통 사상과 기독교가 일치된 믿음이라는 것을 확인시킴으로 통합과 화해의 서사라는 것을 보여준다. 석규의 죽음은 타자에 대한 시간을 미래적으로 열게 해주는 또 다른 가능성이다. 석규의 죽음은 죽음에 관한 존재론적인 이해를 가져오는 사건이 아니라 타인에 대한 오 현도사나 유진의 책임을 가져다주는 실존적인 사건으로 변한다. 오현도사나 유진에게 석규의 죽음은 희생과 책임의 윤리를 느끼게 하는 초월적인 사건이다. 석규의 죽음으로 유진이나 오 현도사는 타인과의 관계를 근원적으로 묻는 기회가 되었으며 석규와 같은 어린 아이들에게 새로운 희망을 열게 하는 계기가 된다. 석규의 과거와 현재 미래로 이어지는 통시적인 시간은 인간적 사유에 의해 파악되거나 죽음의 종말이 기다리는 시간이 아니다. 과거에서 미래로 나아가는 '타자를 위해 죽을 때까지의 타자를 위한 책임감'을 의미한다.[165]

순수한 영의 상징인 석규가 떨고 있는 어린 새를 살기기 위해 나뭇가지 위에 올라갔다 나뭇가지가 부러져 낭떠러지에 떨어져 죽음을 맞이하는 것 또한 상징적인 사건이다. 떨고 있는 어린 새라는 것은 석규와 같은 소외되고 가난한 타자들의 상징이다. 석규가 그들을 구하기 위해 몸을 던진 것은 바로 예수가 어리석은 인간들을 구하기 위해 십자가에 달린 사건과 마찬가지로 석규는 자신의 십자가를 짊어진 것이다. 그 십자가의 열매가 바로 유진 남편 회사에 투자한 돈이 불어나는 것이다. 그 돈으로 어린 불우 이웃들을 도우는 것이다.

2) 죽음과 타자 윤리학

이 작품에서는 다양한 죽음을 만난다. 손정임이나 손정임을 죽인 두 형제의 죽음과 같이 자신이 살아 온 필연적인 귀결로서 죽음을 만나기도 하고 뜻밖의 죽음을 만나기도 한다. 이 작품을 구성하는 4개의 장인 겨울, 봄, 여름, 가을마다 한 사람 혹은 그 이상의 죽음을 만난다.

사람은 교통사고로 죽고, 여러 가지의 사고로 죽고, 살인강도에게 죽고, 유괴 되어 죽고, 전쟁터에서 죽고, 암살되고, 굶어 죽고, 병사하고, 혹은 자살한다. 인류 역사가 시작된 이래 헤아릴 수 없는 무수한 위인의 죽음, 성인, 선자(善者)의 죽음, 극악무도한 자의 죽음, 온갖 애증, 은수(恩讎)의 죽음들을 살아 있는 사람들은 알고 있다.

어쩌면 살아있는 사람보다도 죽은 사람을 더 많이 잘 이해하며 사람들은 살고 있는지도 모른다. 그러고 보니, 이 세상을 어떻게 살아있는 자 만의 세상이라고 할 수 있을까?

유진은 인적이 드문 주택가를 걸어가며, 그녀가 사랑하는 모든 죽은 혼들이 따뜻한 눈길로 그녀를 감싸며 함께 걸어가고 있는 것 같았다.[166]

위의 인용문을 통해 볼 때 이 작품의 작가의 의도는 살아있는 사람들의 삶은 살아있는 사람들만의 삶이 아니라 죽은 자들과 더불어 사는 삶이라는 것을 역설하기 위해서 많은 죽음을 제시하고 있다고 할 수 있다. 작가는 인간은 철저히 타자적일 수밖에 없음을 죽음을 통해서 보여준다. 즉 자신의 의지와 상관없이 이루어지는 죽음이야말로 타자적이다. 작가는 자의적이 아닌 '뜻밖의 죽음' 혹은 '우연적인 죽음'을 통하여 결국 우리의 삶이 절대 타자적인 것으로 늘 새롭게 의미화되며 신적인 영역에 속한다는 것을 죽음을 통하여 역설적으로 보여준다. 레비나스에 의하면 과거는 역사가들에 의해 분석되고 사실로서 기록되는 것을 나타내는 것이 아니라 현재 속에서 재현된다.

겨울 장에서 끔찍하게 묘사되는 그렇게 삶에 집착을 가졌던 손정임이나 최광수 손자들의 죽음, 부부 사이의 무한 자유를 갈구하다 죽은 남기철, 부부라는 것으로 서로를 자신의 올가미에 묶어 두려다 자살한 장기호 박사, 80세의 끈질긴 목숨을 연명하는 강 노인이나 이제 피어나기 시작하는 석규의 죽음은 모두 역설적인 삶과 죽음을 보여주는 예이다. 그렇게 삶에 집착하는 인물의 죽음이나 새싹과 같이 이제 살아나기 시작한 석규의 죽음은 우리의 삶은 절대 타자적인 것이라는 것을 보여준다.

이 작품에서의 다양한 죽음은 꿈, 환각, 환청 등으로 예시된다. 작품 서두에 프랑스에 유학하고 있는 유진 동생의 꿈속에서 아버지가 나타나 유진의 남편이 합작투자하려는 사업을 절대 하지 말라는 꿈의 예시는 작품의 말미에서 그 꿈이 맞았다는 것을 서사를 통해 확인해 주기도 한다.

손정임이 죽기 전, 손정임은 생전 보이지 않던 최광수의 꿈을 꾸고 불길해 한다. 특히 예시력을 가지고 있는 오 현도사는 다양한 채널을 통해 죽음을 예시 받는다. 꿈을 통하여 손정임을 죽인 최광수의 손자의 죽음을 예시 받기도 하고, 환청으로 손정임의 목소리를 듣기도 하고 손정임의 혼을 상징하는 나비의 환상을 보기도 한다. 또 유진 역시 가까운 사람들의 죽음을 예시 받는다. 남기철의 죽음 전에 유진은 병실에서 남기철의 죽음을 예시하는 꿈을 꾸었고, 남기철이 죽은 후 자신을 부르는 환청을 듣기도 했다. 남기철의 고모 역시 남기철의 죽음을 예시하는 꿈을 꾸었다. 장기호 박사 죽음 이후 유진은 소파에 앉아 있는 장기호 박사의 환상을 보기도 한다. 작가는 이 외에도 다양한 죽은 영들이 우리의 일상사에 출몰하는 현상을 제시하고 있다.

작가는 이렇듯 다양한 꿈의 예시, 혹은 죽은 영들의 환상 혹은 환청을 통해 앞의 인용문에서 제시한 것처럼 우리의 삶이란 살아 있는 사람들의 삶만이 아니라 죽은 자들과 더불어 사는 삶이라는 것을 제시하고 있다. 그래서 그 많은 죽음 가운데서 유독 두 번의 죽을 고비를 넘긴 유진은 죽을 고비 때마다 살아나고, 아직 죽기에는 이른 다섯 살의 석규나 이제 한참 나이인 40세인 남기철은 갑작스럽게 죽음을 맞기도 한다. 또 그렇게 끈질긴 목숨의 연장이 싫어 죽기를 고대하는 강 노인은 천수를 누리게 된다.

죽음을 통해 작가는 기억할 수 없는 과거조차 우리의 현재의 삶을 지배하는 타자지향적인 관계성 속에서 해석하지 않으면 삶의 현재성은 회복할 수 없는 것이라는 것을 보여준다. 이 다양한 삶과 죽음을 통해 인(因)이라는 직접적 원인과 연(緣)이라는 간접적 원인이 합쳐서 양자가 화합해서 결과를 낳는 인연설과 맥이 닿아 있음을 작가는 의도적으로 보여주고 있다.[167] 이 인연설은 인과 연의 합이 다양해서 그 결과를 인간의 의식으로는 가늠하기가 불가능하다. 그렇기에 인간의 눈으로는 불합리하고 어처구니없는 것은 하늘의 뜻을 인간이 파악하기 힘들기 때문이다. 불교에서 말하는 인과라는 것은 현재 살고 있는 삶에 관해서 말하는 것이 아니다. 과거 현재 미래에 걸쳐 있음을 말한다. 업(業)이라는 것이 바로 그것이다. 아무리 선행을 행한 사람이라도 그 사람

의 과거 세상 즉 전생에 악한 일을 행했다면 살아가는 현재 삶에 그 결과를 받는다는 것이다.[168]

3) 경계 허물기

타자란 자기내면에 가지고 있는 그 무엇 다른 사람, 다른 행위 그래서 그 타자는 자기 속에서 영원히 다른 것으로 존재하기를 바란다. 그래서 굳건히 울타리를 만들고 그 타자가 자기에게 넘어 오지 않기를 바라지만 때로는 울타리 사이로 가끔 쳐다보는 즐거움의 대상이 되기를 바란다. 왜냐하면 경계를 허물어 그 타자를 받아들여 동화시켜 버릴 때 몰래보는 즐거움은 사라지기 마련이고 또한 낯설다는 아련한 그리움이 지워져 버리기 때문이다. 그러기 때문에 인간은 지속적으로 경계 만들기를 하는 지도 모른다.

우리 주위의 모든 사람들은 타자다. 타자는 결국 내 자신의 또 다른 내면이고 내 자신에 대한 이분법적인 사고를 어떻게 만들어 가고 어떤 관계를 가지느냐가 경계와 비경계에 대한 이해를 가능 하게 한다. 이런 자신 속의 타자를 통해 자신의 분열적인 면을 인 정하고 받아들일 때, 밖에 있는 우리 주위 다른 '타자'에 대한 이 해가 가능하다. 그럴 때 우리 주위 사람들과의 동질감을 가지게 되고 신뢰감이 생긴다. 그럴 때 비로소 타인과의 소통이 가능하 다. 이럴 때 경계는 자연스럽게 사라진다.[169]

이 작품에서 유진에게 손정임이나 유진의 남편 역시 타자로서 작용한다. 유진에게 손정임은 자신과 신분이 다르다는 이질 분자로서 받아들일 수 없는 타자이다. 그러나 남편은 남자 여자라는 서로 생각이 다르고 의식이 다르다는 것으로 또 다른 타자이다. 그러나 오 현도사를 통해서 유진은 손정임을 이해하고 받아들인다. 남편은 손정임의 재산을 매개로 이해하고 받아들인다. 유진이나 손정임, 오 현도사나 유진의 남편, 모두 삶의 경험도 일천하고 신분 또한 다양하다. 그러나 그것은 인간이 만들어 놓은 경계이다. 그러가 그 경계는 어떤 계기로 혹은 생각의 각도만 조금만 바꾸면 허물어질 수 있는 것이다.

위의 대칭적인 인물 구도를 통해 보여주는 인간의 허위의식은 죽음을 통하여 보여준다. 부부 관계를 비롯한 모든 인간관계를 통해서도 보여주는 허위의식, 즉 경계 짓기를 보여준다. 타자를 받아들인다는 것은 경계 허물기이다.

또 이 작품에서 경계 허물기는 삶을 해석하는 방식에 있다. 한 개인의 삶은 그 당대의 삶으로써 해석하기 힘들다는 것이다. 작품에서 예측할 수 없는 죽음은 이를 반증하는 것이다. 천사의 이미지로 등장한 석규의 죽음은 더욱 그렇다. 한 사람의 생은 자신의 삶만으로 해석할 수없는 과거 조상과 알 수 없는 영과 연관된 불가시 영역이 있다는 것이다. 그렇기에 명확한 삶에 대한 해석이 불가능하다는 것이다. 여기에 경계 허물기가 있다. 한 사람의 죽음으로 행, 불행을 말할 수 없으며 현재의 고뇌 또한 마찬가지다.

이 작품에서는 다양한 삶의 존재 양식에 의해서 죽음을 맞이하는 것 또한 다양한 방식으로 드러난다. 탐욕으로 인해서 죽음을 맞게 된 손정임과 최광수의 두 손자는 비참한 죽음을 맞게 되는가 하면, 서로가 서로의 자유가 되기를 원하는 부부 남기철은 순간적인 심장 쇼크사로 죽음을 맞이한다. 반면 부인의 구속이 싫어 이혼을 결심한 장기호 부부는 그 구속의 구속에서 헤어나지 못하고 결국 자살을 행한다. 순수한 영의 상징인 석규는 떨고 있는 새를 살리기 위해 나뭇가지에 오르다 떨어져 죽음을 맞는다.

이 모든 사람들의 삶의 존재 양식은 인간의 다양한 측면일 수 있다. 이 다양한 측면들을 작가는 인간적인 관점으로 해석하려는 의도를 가지고 있다. 서술 화자인 유진의 관점과 같은 오 현도사를 보자. 오 현도사는 인간의 모든 우환은 마음에서 온다는 노자의 관점에서 이해한다. 노장 사상은 인간의 우환은 그 원인이 외부 조건에 있지 않고, 우리들 자신의 내부, 우리들 자신의 생각에 달려 있다고 생각한다. 문제의 해결은 우리의 생각을 바꿈으로써 가능하다고 보는 관점이다.[170]

오 현도사는 동양의 전통 사상 중 어느 한 사상을 고집하지 않는다. 그는 또 불교의 인과설을 통해 평등과 화해를 역설하기도 한다.

어떤 사람은 이 세상에 한번 태어나서 한번 죽고 마는 걸로 알고 있습니다. 또 어떤 사람들은 몇 억겁 년에 걸쳐서 몇 번 왔다가는 걸로 알고 있습니다. 저도 그렇게 생각합니다. 몇 세상을 황인종으로도, 흑인종으로도, 백인종으로도 바뀌어 태어난다고요. 태어나서 몇 전세의 은수(恩讐)를 갚으며 살기도 하지요. 그렇게 될 때까지 사바세계에 몇 번이고 태어나기도 하지요. 지은 죄는 불멸입니다. 그러니까 조금 생각해 보면 인종의 구별이나, 민족의 구별도 없는 거지요.[171]

인용문대로 불교의 인과설에 의하면 세계에 전쟁은 사라질 것이다. 종교의 경계, 인종의 경계, 민족의 경계도 모두 사라져 전세계가 화해 무드가 되면 전쟁은 사라질 것이다. 오 현도사는 불교의 인과설에 의해 경계 허물기를 시도한다.

오 현도사는 손정임을 죽인 살인자 최광수 손자들의 영혼을 위한 혜원 기도를 올리는가 하면, 강 노인의 남은 생과 석규의 미래 보장을 위해 손정임이 자신에게 남긴 유산을 양보한다. 오 현도사는 인간으로서 경계를 초월하면서 감싸 있는 동양의 진통 종교의 가르침 '인간의 삶은 마음먹기에 달렸다'는 토대를 발견해 냄으로써 대립을 긍정과 부정 모두를 통일시키고 모두를 조화롭게 하고자 한다. 오 현도사의 이런 마음은 장자가 이야기하는 '임시적 자의식'[172]이다. 즉 자신의 고정된 자의식에 묶여 자신의 독단과 편견에 맡기는 것이 아니라, 자신의 마음을 비운 상태에서 타인을 있는 그대로 받아들이는 타자지향적인 의식이다. 또 이 작품의 마지막 부분에서 오 현도사는 석규가 믿었던 기독교를 받아들이는 것은 동양인이기 때문에 동양적인 것만을 고집하지 않는 무매개적 소통[173]이 가능한 인물이라고 할 수 있다. 즉 오 현도사는 타자에게로 열려 있는 존재이고, 타자와의 소통을 통해서 만들어져가는 존재임을 보여주는 인물이다. 자신의 신념을 고집하기 보다는 타자지향적인 의식을 가지고 있는 인물이다. 결국 동양의 전통 의식과 기독교는 다른 것이 아닌 하나의 진리를 갖기 다른 방식으로 믿는 것이라는 믿음을 보여줌으로써 종교적 경계가 무의미함을 보여준다.

제4장

결론_한말숙의 타자 껴안기

한말숙의 작품 세계를 초반부, 후반부로 나눈디면 초반부는 자신과 세계와의 거리에서 먼 거리에 있는 그 당대의 소외된 인물들을 대상으로, 후반부는 자신의 주변의 삶이나 좀 더 가까운 주위 사람을 대상으로 혹은 자신과 가장 가까운 거리에 있는 자신의 일상에서 자신의 소외를 대상으로 작품화한다.

작품의 소재는 대부분의 작가와 마찬가지로 자신의 완결성을 무너뜨리는 결핍이 대상이 된다. 대부분 작가의 관심의 대상은 즉 결핍, 타자에게 있다. 타자는 타인과 함께 어울려 살아야 하는 세상 속에 들어 선 주체가 피할 수 없이 지닌 얼룩이요, 여분이고 결핍이다. 대부분의 여성에게는 자신이 타자이다. 가부장적 세계에서 여성이 세상을 살아간다는 것은 바로 타자로서의 삶이다. 그런 타자로서 여성의 결핍된 삶으로 인해 여성들은 자신보다 못하고 소외된 자들을 자연히 자신과 동일시하게 한다. 가부장적 세계에서의 자기 연민에 의한 나르시시즘은 소외된 인물을 통하여 완벽한 자아충족으로 위장된다. 한말숙의 대부분의 작품이 소외된 타자들의 삶에 초점을 맞춰져 있는 것은 한말숙 자신의 여성정체성을 주변인으로 위치 지우기 때문이다. 여성들이 왜 주변인으로 자기정체성을 정립하는가에 관해서는 「하연 도정」에 탁월하게 묘사되어 있다.

『하얀 도정』의 출판은 15편 정도의 단편을 발표한 이후이다. 김우종은 『하얀 도정』을 '여러 단편에서 시도했던 소설적 기량을 총 집약한 작품'[174]으로 전제하면서, 사건의 객관적 처리, 관찰의 치밀성, 재미있는 구성을 들어 극찬하고 있다.

『하얀 도정』에서 여성 화자인 인옥이 여성으로서의 왜 주변인으로 자신을 정체화할 수밖에 없었는가를 자신의 삶의 모델인 새엄마와 할머니의 자기 소외의 삶을 통해 자신을 주변인으로 정체화할 수밖에 없음을 보여준다. 남성 중심의 세계 속에서 여성이 살아남기 위해서는 남성 젠더를 자기화해야만이 살아갈 수 있음을 남성 욕망의 자기화를 통해 보여준다. 남성의 젠더 정치학을 통해 자기 정체성을 확립하지만, 현실 속에서 여성이 주체적 독립이 불가능함을 인식, 새로운 대타자, 이상적 자아를 찾는다. 즉 자신의 결핍을 채워 줄 수 있다고 생각하는 대상에게 환타지를 느낀다. 환타지를 통해 자아 이상이라고 믿으며 마치 어릴 적 어머니와 하나가 되듯이 대상과 하나 된다. 대상에의 사랑의 확신은 자기애로 연결되고 또 자신에 대한 사랑의 확신은 가족과 모든 타자들에 대한 사랑으로 연결된다. 그러나 대상과의 완전한 합일을 이루려는 순간 대상은 미끄러지고 충족은 다시 텅 빈 공허를 낳는다. 이것은 현실 밖에 있는 작가의 응시에 의한 분열로 나타난다. 인물의 이런 이중 자기분열은 현실 논리에 의한 자기 소외로 인한 것이다. 그것은 결국 초점 화자 인옥의 시선을 통해 드러나는 소설 속의 서술은 작가 한말숙의 응시에서 나온 자기 소외로 인한 자기 결핍의 서사학이다.

1980년대 이후에는 갈등 서사도 사라지고, 등단 시기와는 전혀 다른 자신의 일상의 주변 이야기를 서사화한다. 그러면서 서사 기법 또한 달라진다. 초기 소설에서는 여성적 글쓰기의 특징을 보여주지 않다가 1980년대 이후 자신의 주변 이야기를 서사화하면서 여성 작가 특유의 여성적 글쓰기의 특징을 보여준다. 그 이전의 작품에서 소외된 타자들의 삶을 통하여 드러난 소재는 그 이후부터 자기 소외의 서사로 바뀐다. 결국 자신 속의 타자에 관한 서사학이다.

한말숙이 아예 작가 개인의 실체 체험한 이야기를 소재로 작품화하기 시작한 것은 결혼 후 4년이 지난 후부터였다. 그 때부터 가부장적 세계 속에서 겪는 여성적 체험, 즉 육아, 작가로서의 글쓰기, 가사 노동, 가부장적 세계에서 여성의 삶이 어떻게 자기 소외로 이어지는가를 보여준다.

「어느 여인의 하루」를 시작으로 「아기 오던 날」, 「신과의 약속」, 「잃어버린 머플러」, 「초콜렛 친구」, 「아들의 졸업식」, 「수술대 앞에서」 등을 지속적으로 발표한다. 이런 자신의 체험을 바탕으로 한 작품에서는 위의 객관적 세계의 냉혹한 시선과는 다르게 대상과의 거리는 사라진다. 자신의 체험을 바탕으로 한 작품의 대부분은 한말숙의 가족을 대상으로 쓰여진 작품이다. 이는 가족 구성원들은 자신과 일체감을 이루는 바로 자신과 동일시 된 인물들이다. 그렇기 때문에 간결한 문체의 드라이한 분위기는 따뜻한 정서적 언어들로 변한다. 그러나 그런 가족 속에서 주부로서 자기희생은 필수적이고 결국 자신이 사라져버린 소외를 동반할 수밖에 없다. 이 시기 작품에서는 가족 속에서의 타자화된 여성의 삶을 주로 소재화하고 있다.

『하얀 도정』에 이어 장편 『모색 시대』는 한말숙의 당대의 현실에 대한 인식, 총체적인 현실관, 가족관을 잘 보여준 작품이다. 이 작품에서 작가는 인본주의 정신을 가지고 있는 시학을 통해서 권위주의 사회 체제의 모순을 가정의 가족 한 사람 한사람의 주체적인 개성적 인물들의 통합과 화합에서 해답을 제시한다.

시학의 치지의 도인 타자에 대한 배려는 진정한 의미에서 타자와의 소통을 매개로 한 것이 아니라 동일성에 의해 매개되어 있다. 타자가 배려의 대상이 되는 순간 타자와의 소통의 길은 막혀 버린다. 타자와의 차이를 인정하고 주체의 힘의 균형 즉 동일성이 와해될 때 진정한 소통이 이루어진다. 그러나 타자에 대한 배려는 이미 힘의 불균형을 전제하고 강자의 약자에 일방적인 돌봄의 철학이다. 타자의 차이를 인정하고 소통을 매개로 할 때 타자성이 발생한다. 이 타자의 타자성은 우리의 삶에 지울 수 없는 상처와 흔적을 남긴다. 그로 인해 자신의 삶을 송두리째 바꾸어버릴 폭풍우가 밀려온다. 타자성을 통해 진정한 의미에서의 타자와 차이를 경험하고 그에 따라 자신을 변화시켜야 한다.

『아름다운 靈歌』는 오랜 동안의 일상생활 속에서 궁금했던 삶과 죽음의 문제를 서사화한 작품이다. 작가는 이 작품을 통해 '우리의 생명은 결코 나의 힘 때문이 아니라, 모든 죽은 혼과 눈에 보이지 않는 사랑의 힘 때문에, 혹은 그 의지 때문에 지탱하고 있다'는 서사적 의도를 가지고 집필한 작품이다. 작가는 주제를 전달하기 위한 방법으로 다양한 죽음과 관련된 꿈 예시, 환상, 환각뿐만 아니라 과거 우리 역사의 급변을 예시했던 자연 현상 등을 일례로 제시한다.

이 작품의 작가의 의도는 살아있는 사람들의 삶은 살아있는 사람들만의 삶이 아니라 죽은 자들과 더불어 사는 삶이라는 것을 역설하기 위해서 많은 죽음을 제시하고 있다고 할 수 있다. 작가는 인간은 철저히 타자적일 수밖에 없음을 죽음을 통해서 보여준다. 즉 자신의 의지와 상관없이 이루어지는 죽음이야말로 타자적이다. 작가는 자의적이 아닌 '뜻밖의 죽음'을 통하여 결국 우리의 삶이 절대 타자적인 것으로 늘 새롭게 의미화되며 신적인 영역에 속한다는 것을 죽음을 통하여 역설적으로 보여준다. 레비나스에 의하면 과거는 역사가들에 의해 분석되고 사실로서 기록되는 것을 나타내는 것이 아니라 현재 속에서 재현된다는 것이다.

이 작품에서 작가는 오 현도사라는 인물을 통해서 타자의 타자성을 보여준다. 즉 장자가 이야기하는 '임시적 자의식'[175]이다. 즉 자신의 고정된 자의식에 묶여 자신의 독단과 편견에 맡기는 것이 아니라, 자신의 마음을 비운 상태에서 타인을 있는 그대로 받아들이는 타자지향적인 의식이다. 또 이 작품의 마지막 부분에서 오 현도사는 석규가 믿었던 기독교를 받아들이는 것은 동양인이기 때문에 동양적인 것만을 고집하지 않는 무매개적 소통이 가능한 인물이라고 할 수 있다. 즉 오 현도사는 타자에게로 열려 있는 존재이고, 타자와의 소통을 통해서 만들어져가는 존재임을 보여주는 인물이다. 자신의 신념을 고집하기 보다는 타자지향적인 의식을 가지고 있는 인물이다. 결국 동양의 전통 의식과 기독교는 다른 것이 아닌 하나의 진리를 갖기 다른 방식으로 믿는 것이라는 믿음을 보여줌으로써 종교적 경계가 무의미함을 통하여 타자지향적인 의식을 보여준다.

주석

1 서양의 문화사와 사상사 전반에 걸쳐 '타자'로 정의되는 특정한 사람과 개념, 생각들이 있는데, 이들은 문명화된 사회의 가치들, 혹은 합리적인 인간 자아의 안정성을 위협하는 괴물이나 외계인, 야만인으로 정의 된다. 이런 '타자들'에는 동양 비서구적 '타자', 외국인, 동성애자, 여성은 물론 죽음, 무의식, 광기도 포함된다. 레비나스는 타자는 인제나 서구 지아의 외시과 통제를 벗어난다고 주장했다. 그리고 자아와 타자가 맞대면할 때 타자의 타자성이 자아의 확실성에 재기하는 문제의식이 윤리학의 문제를 연다고 보았다. 스티븐 모튼, 『스피박 넘기』, 엘피, 2005, 76쪽.

2 실제 한말숙의 장편 작품집은 첫 장편인 『하얀 도정』과 『모색 시대』, 『아름다운 靈歌』세 편만 단행본으로 출판되었다. 어느 지방지에 연재한 『혈흔』과 『주간경향』(1970.7~71.4)에 연재한 『방황의 계절』, 그리고 출처와 제목을 알 수 없는 장편 1권은 단행본으로 출판되지 않았다.

3 한말숙, 『덜레스 공항을 떠나며』, 창작파비평사, 2008. '21세기문학' 잡지사, '에세이' 잡지사에서 최근 인터뷰를 한 바 있다.

4 최근에 한말숙이 보낸 이 메일 편지(2011.8.20일자)를 보면 아직도 잡지, 텔레비전 녹화에 시달리고 있음을 호소하고 있다. "8월 10일과 17일 오전 11시 10분 쯤, KTV의 '나의 삶, 나의문학' 녹화를 위해 4시간 이상 소모, 다시는 TV녹화는 안 나가기로 결심했어요. 황 선생하고 40분 짜리 녹화 한 것이 7월 중이었는데(그 때는 8시간 촬영), 체력이 견디지 못해요. 잡지 인터뷰도 귀찮아요. 먹고 잠만 자고 싶어요."

5 레비나스는 현대 서유럽의 철학의 가장 중요한 스승들인 후설과 하이데거에게 직접 교육을 받았으며, 현상학을 통해 철학에 입문하였고, 현상학적인 방법을 통해 서양 철학의 가장 핵심적인 문제들과 씨름하며 그의 독자적인 철학을 구축한 유태인 철학자이다. 레비나스가 보기에 서양 존재론은 타자를 동일자로 환원하는 전체성의 철학이다. 레비나스는 인간이 타자에 대한 윤리적인 책임감을 상실하고, 타자를 나의 영향권 아래 종속시키기 위해 국가 사회주의 같은 전체주의 이념을 강요하는 일이 어떻게 생길 수 있는지 질문한다. 그래서 레비나스의 첫째가는 관심은 동일자로

결코 흡수되지 않는 타자가 있음을 드러내고, 그 타자에 대해 내가 가지는 윤리적인 책임성이 나의 나됨, 즉 나의 주체성을 구성하는 근본임을 역설한다. 서동욱, 『차이와 타자』, 문학과지성사, 2008, 139~160쪽; 윤대선, 『레비나스와 타자철학』, 문예출판사, 2004, 15~29쪽.

6 파농, 이석호 역, 『검은 피부 하얀 가면』, 인간사랑, 1998, 216쪽.

7 강신주, 『장자, 타자와의 소통과 주체의 변형』, 태학사, 2003, 54쪽.

8 서동욱, 『차이와 타자』, 문학과지성사, 2008, 151~152쪽.

9 윤대선, 앞의 책, 153쪽.

10 『아름다운 靈歌』는 1981년도 한국문학사, 1993년 인문당에서 출판할 때는 책의 제명을 『아름다운 靈歌』로 2000년 솔과학에서 출판할 때는 『아름다운 영혼의 노래』로 바뀌었다. 여기서는 1993년 인문당 출판사 것을 텍스트로 했기 때문에 『아름다운 靈歌』로 제명을 통일하기로 하겠다. 한말숙이 제명을 바꾼 것은 한자어를 풀어쓰기 위한 것일 뿐 다른 이유가 없고, 텍스트 역시 내용이 달라진 것이 없다.

11 윤대선, 앞의 책, 27쪽

12 주 1 참고.

13 『문학사상』, 1982년 6월호 발표.

14 윤대선, 앞의 책, 222쪽.

15 이덕화, 「주체 훼손을 통해서 본 소설의 권력」, 『여성문학에 나타난 근대 체험과 타자의식』, 예림기획, 2005.

16 한말숙, 「천재를 보고 싶다」, 『삶의 진실을 찾아서』, 샘터, 1998, 112쪽; 한말숙, 「나의 자녀 교육」, 『사랑할 때와 헤어질 때』, 솔과학, 2009, 259쪽.

17 한말숙은 전쟁 중의 자서전적 삶을 그린 「초콜렛 친구」(『문학사상』, 1983.8)에서 피난지인 부산에서 만난 초콜렛친구에게 서울 자신의 집에 가서 자신이 가지고 놀던 인형을 가져오라는 부탁을 하는 장면이 나온다.

18 레비나스는 주체가 타자의 호소로부터 상처를 받을 수 있는 까닭은 바로 '상처 받기 쉬움'이라는 감성의 성격 때문이라고 했다. 서동욱, 『차이와 타자』(문학과지성사, 2008), 93~138쪽. 한말숙의 '상처 받기 쉬운 감성'은 「어느 소설가의 이야기」에서나 수필에서 잘 나타난다.

19 한말숙, 「꼭 소설을 써야만 인생인가」, 『삶의 진실을 찾아서』, 샘터, 1998, 54쪽.

20 '가족 로망스', '완전한 가족'에 대한 글은 권명아의 『가족 이야기는 어떻게 만들어지는가』(책세상, 2000)에 집약적으로 서술되어 있다.

21 한말숙, 「잘난 어머니」, 『삶의 진실을 찾아서』, 샘터, 1998, 54쪽.

22 한말숙, 「꼭 소설을 써야만 인생인가」, 앞의 책, 92쪽.

23 위의 책, 93쪽.

24 이 부분에서는 나중 단편소설을 분석할 때 좀 더 구체적으로 논의하겠다.

25 한말숙의 전화 인터뷰에서 증언. (2008.9.20)

26 유인순, 「魂들의 합창」, 『아름다운 영혼의 노래』, 솔과학, 2000, 227쪽.

27 우한용, 「전후 한국문학의 양상과 연구과제」, 「한국전후문학연구」, 삼화원, 1995, 43쪽.

28 김윤식, 「민족의 재편성과 국가의 발견」, 『한국문학사』, 민음사, 1974, 230~258쪽.

29 김주연, 「한국현대여류작가론」, 『현대문학』 14권 1호, 1968, 353쪽.

30 염무웅, 「상황과 문체의 배반」, 『현대한국문학전집』, 신구문화사, 1981, 502쪽.

31 김우종, 「불행한 세대의 모랄」, 『한국문학전집』 30, 삼성당, 1983, 569쪽.

32 『사상계』나 『여성』 등의 잡지를 참고로 하면 1980년대까지 소설 독자층은 대부분 대학생이나 여고생 이상의 지식층이었다. 그런 지식층에서 자신의 삶과 공통분모가 없는 주변인들의 삶의 이야기는 공감대를 확보하기 어려웠을 것이다. 독자에게 소설은 작품 자체에 대한 관심보다는 인물의 삶에 대한 공감대가 더 중요하다.

33 한말숙이 등단한 시기, 1950년대 후반 『어원』 이나 『여상』 을 참고로 하면 그 당시 독자들은 대체로 중상층 그룹에 속한 교사 출신이나 고등학교 이상의 학력자이었다.

34 김주연, 「한국현대여류작가론」, 『현대문학』, 1968.1, 355쪽.

35 유인순, 「다시 읽는 한말숙의 「신화의 단애」」, 『한양어문연구』 13집, 한양어문연구소, 1996, 78쪽.

36 위의 글.

37 여기에 대해서는 한말숙 집안의 우수한 인재들에 의해서 개인적인 노력에 의해서 번역되었다든가, 혹은 서울대 농문이라고 서울대 교수들이 추천한 것이라는 등, 한말숙 집이 부자기 때문에 자금력이 동원되었다는 등, 많은 소문에 의해서 객관적인 연구가 되어 있지 않다.

38 한말숙, 「문학과 가정」, 『현대한국문학전집』 15, 삼성출판사, 1987, 515쪽.

39 한말숙에 관해 작가 혹은 연구자들이 공통적으로 하는 이야기는 '작품이 재미없다'는 평이고, 다음으로는 '철이 없다'는 것이다. 이것은 한말숙이나 작품에 대한 진정한 교류에 의해서 오는 것이 아니고, 작품을 한 두편 읽거나, 한 두 번의 만남에서 오는 표면적인 인상주의적 비평이라 생각된다.

40 한말숙, 「나의 뿌리」, 『삶의 진실을 찾아서』, 솔과학, 1998, 34쪽.

41 번역한 사람들이 모두 서울대 교수였기 때문에 한말숙과의 인연 때문에 번역한 것으로 오해하는 경우도 많다.

42 한말숙, 「꼭 소설을 써야만 인생인가」, 『삶의 진실을 찾아서』, 솔과학, 1998, 95쪽.

43 한말숙, 「명작을 남긴 문인들」, 『사랑할 때와 헤어질 때』, 솔과학, 2009, 259쪽.

44 장세진, 「상상된 아메리카와 1950년대 한국문학의 자기 표상」, 연세대 박사논문,

2007, 15쪽.

45 위의 논문, 52쪽.
46 정일준, 「미국의 냉전 문화와 한국인 친구 만들기」, 『우리 학문 속의 미국』, 한울, 2003, 45쪽.
47 그들로부터 호소를 받아들이는 것은 그들과의 관계성을 말하는 것이며, 그들과 관계한다는 것은 그들 타자를 돕는 것이다. 그들은 책임져야 할 그 당대의 타자, 매춘부, 과부, 고아, 실직자 들이다. 신옥회, 「여성학적 시각에서 본 레비나스-타자성의 윤리학」, 『철학과 현실』 29, 1996, 242쪽.
48 윤대선, 「에로스의 현상학 또는 형이상학」, 『레비니스의 타자철학』, 문예출판사, 2004, 147쪽. 레비나스는 서구의 존재론적 철학, 즉 주체가 자유로이 행사하는 동일성의 사유 방식에 내재된 전체성과 폭력성이 바로 세계에서 지속적으로 벌어져 온 각종 전쟁과 폭력의 원천이라고 진단한다. 서구의 기존 철학적 사유 방식에 대한 가차 없는 비판과 함께 레비나스는 존재에서 윤리로, 동일자 논리에서 타자성 수용으로 철학의 방향을 획기적으로 전환시키기를 촉구한다. 이 방향 전환이 바로 타자 윤리학인 바, 레비나스는 우리에게 나의 자유와 권리 추구를 포기하고 타인을 받아들일 것, 나의 관계없는 일까지도 책임질 것, 나를 희생시키고 고통받는 타자의 요청과 호소에 응답할 것을 강력하게 요청한다.
49 위의 책, 157쪽.
50 최원식, 「민족문학과 반미문학」, 『창작과비평』, 1988년 겨울호, 89~90쪽.
51 위의 글, 89쪽.
52 한말숙, 「별빛 속의 계절」, 『별빛 속의 계절』, 휘문출판사, 1965, 49쪽.
53 위의 책, 47쪽.
54 서지영, 「카페, 근대 유흥 공간과 문학」, 『한국 여성문학 연구』 통권 14호, 한국여성문학학회, 2005.
55 김동리, 「『신화의 단애』는 실존주의로 무장되어 있다」, 『현대문학』 통권 30호, 271쪽.
56 윤대선, 앞의 책, 219쪽
57 김병익, 『한국문단사』, 일지사, 1980, 208쪽.
58 이환, 「실존주의 문학의 철학적 기반」, 『문학예술』, 문학예술사, 1956, 197쪽.
59 한점돌, 「전후 소설의 현실인식」, 『한국전후문학연구』, 삼화원, 1995, 126쪽.
60 김동환, 「한국 전후 소설에 나타난 현실의 추상화 방법 연구」, 『한국의 전후 문학』, 한국현대문학연구회, 1991, 207쪽,
61 이정숙, 「코페르니쿠스적 轉回와 관념의 소설화」, 구인환 외, 『한국전후문학연구』, 삼화원, 1995, 284쪽.
62 김동리, 앞의 글.

63 이어령, 「한말숙의 「신화의 단애」는 실존주의 소산인가」(『경향신문』, 1959. 2. 26).

64 위의 글.

65 정태용은 1958년 소설을 총괄하는 자리에서나 1965년 「20년대 정신사」를 다루면서
도 「신화의 단애」에서 '진영의 선택을 윤리 부재로, 금욕과 성욕의 해결과 쾌락을 위
한 것이라 진단한다. 천상병은 '자기 소외'라는 관점에서 한말숙의 작품을 분석한다.
「신화의 단애」에서의 진영을 일체의 가치를 부정하고 생존 그 것만으로 자족하는
진영의 모습이나 한결같이 자기 소외의 반사라고 분석했다.

66 최혜실, 「실존주의 문학론」, 구인환 외, 『한국전후문학연구』, 삼지원, 1995, 152쪽.

67 한용환, 『소설학 사전』, 고려원, 1992, 285~286쪽.

68 김혜리, 「타락한 현실 속에서의 반항과 타협」, 『페미니즘과 소설비평』현대편, 한길
사, 1997, 314쪽.

69 김우종, 「한말숙의 문학세계」, 일신서적출판사, 1994, 306쪽.

70 한말숙, 「별빛 속의 계절」, 앞의 책, 62쪽.

71 이 '아프레 걸'은 1950년대 말부터 『여원』 논단 등에서 자주 거론되었던 '아프레 걸'
로 표상되는 여성으로서, 젠더를 해체하고 새로운 젠더를 구축하려는 도시의 지식
여성을 가르치는 말이다. 『여원』 논단이나 좌담회에서 '아프레 걸'에 대해서 비판적
인 의견이 많았다. 최정희는 전후파 여성 즉 '아프레 걸'은 '누구든지 데리고 놀 수 있
는 대상이 되고 있다'고 성적 방종에 대해서 개탄한다. 또 좌담회에서는 남성 평자들
은 '영화 구경, 댄스' 등 상상할 수 없는 일들이 무비판적으로 유입되어 새 세대들, 특
히 '아프레 걸'들이 휩쓸려 들어가고 있다, 고 비판한다. 최정희, 「어느 여대생의 이
야기-지성을 갖추자」, 『여원』, 1957. 7, 176~179쪽; 좌담회, 「새로운 세대를 위한
윤리와 생리의 대화」, 『여원』, 1957. 4, 74~85쪽.

72 윤대선, 앞의 책, 102쪽.

73 구인환, 「한국 현대여류작가의 기법-기법의 연구」, 『아시아여성연구』 제9집, 숙명
여대 아시아여성연구소, 1970, 187쪽.

74 나병철, 조정래, 「시점과 서술」, 『소설이란 무엇인가』, 평민사, 1992.

75 한말숙, 「신화의 단애」, 『별빛 속의 계절』, 휘문출판사, 1965, 89쪽.

76 위의 책, 96쪽.

77 양인, 「플롯의 역사성과 현대 소설의 플롯」, 『현대소설 플롯의 시학』, 태학사, 1999,
40쪽.

78 한말숙, 「신화의 단애」, 앞의 책, 91쪽.

79 이어령, 앞의 글(주 63) 참고.

80 최혜실, 앞의 글(주 66) 참고.

81 『하얀도정』에서 같은 대학교 동급생인데도 어렵게 살아가는 군상들을 그리고 있다.

82 한말숙, 「추천완료 소감」, 『현대문학』, 1957, 271쪽.

83 윤대선, 앞의 책, 220~225쪽.

84 위의 책, 222, 223쪽.

85 2008년 창작과비평사에서 펴낸 『덜레스 공항을 떠나며』에는 해외에 주로 번역된 작품을 대상으로 선정했는데, 초기 작품으로는 「신화의 단애」, 「노파와 고양이」, 「장마」가 있고, 『현대문학』 수상작품인 「행복」, 자신의 체험을 그린 「신과의 약속」이 영화로 제작되고, 텔레비전에서 명작품으로 소개된 「여수」, 자신의 주위 가까운 사람들을 소재로 한 「사랑에 지친 때」, 「초콜렛 친구」, 「덜레스 공항을 떠나며」, 「이준 씨의 경우」가 실려 있다.

86 한말숙, 「노파와 고양이」, 『별빛 속의 계절』, 휘문출판사, 1965, 30쪽.

87 천상병, 「자기 소외와 객관적 시선」, 『현대한국문학전집』, 신구문화사, 1981, 482쪽.

88 위의 글, 483~484쪽.

89 위의 글, 484쪽.

90 구인환, 「한국 현대여류작가의 기법 - 기법의 연구」, 『아시아여성연구』 제9집, 숙명여대 아시아여성연구소, 1970, 186쪽.

91 염무웅, 「상황과 문제의 배반」, 『한국현대문학전집』, 신구문화사, 1981, 502쪽.

92 위의 글, 504쪽.

93 대학생인 한말숙이 부산 피난 시절 언니인 한무숙을 따라 김동리를 만났을 때, 자신은 언니 작품은 물론 한국 작품은 단 한편도 읽어보지 않았다는 고백은 바로 한국문학에 대한 관심도를 보여주는 것이다. 그러나 중학 시절부터 서양 문학에 취해 밤을 세워 가며 작품을 읽는다는 말은 한말숙이 서양 문학에 얼마나 경도되어 있는가를 보여주고 있다. 한말숙, 「따뜻한 문단, 1950년대」, 앞의 책 참조.

94 한말숙, 「흔적」, 『이 하늘 밑』, 휘문출판사, 1965, 266쪽.

95 김우종, 「불행한 세대의 모랄」, 앞의 책, 571쪽.

96 한말숙, 「흔적」, 앞의 책, 252쪽.

97 한말숙, 「어느 여인의 하루」, 『신과의 약속』, 서음출판사, 1967, 56쪽.

98 한말숙, 「아기 오던 날」, 위의 책, 193쪽.

99 한말숙, 「신과의 약속」, 위의 책, 258쪽.

100 한말숙, 「어느 여인의 하루」, 위의 책, 74쪽.

101 위의 책, 80쪽.

102 위의 책, 81쪽.

103 윤대선, 앞의 책, 307쪽.

104 한말숙, 「아기 오던 날」, 앞의 책, 183쪽.

105 위의 책, 198~199쪽.

106 한말숙, 「신과의 약속」, 앞의 책, 202~203쪽.

107 한말숙, 「수술대 앞에서」, 앞의 책, 141쪽.

108 한말숙, 「어느 소설가의 이야기」, 『문학사상』, 1982.6, 142쪽.

109 김미현, 「여성적 글쓰기와 '사이'의 시학」, 『한국여성소설과 페미니즘』, 신구문화사, 1996, 375쪽.

110 한말숙, 「어느 소설가의 이야기」, 『문학사상』, 1982.6, 140쪽.

111 한말숙, 「수술대 앞에서」, 『문학사상』, 1985.3.

112 한말숙, 「덜레스 공항을 떠나며」, 『문학사상』, 2002.4.

113 한말숙, 「이준 씨의 경우」, 『현대문학』, 2005.9.

114 한말숙, 「덜레스 공항을 떠나며」, 『덜레스 공항을 떠나며』, 창비, 2009, 69~70쪽.

115 김미현, 「여성적 글쓰기와 '사이'의 시학」, 앞의 책, 385쪽.

116 이 작품은 『주간 경향』에서 1970년에서 1971년 4월까지 연재한 작품이다.

117 레비나스는 자신이 존재의 본질을 지니지 않는다는 관점에서 존재는 그 자체로 부재로 정의한다. 윤대선, 앞의 책, 293쪽.

118 강신주, 『장자—타자와의 소통과 주체의 변형』, 태학사, 2009, 54쪽. 여기서 무매개적 소통은 비어있는 '나', 비인칭적 나와 타자와의 소통을 의미한다.

119 김혜리, 「타락한 현실 속에서의 방황과 타협」, 『페미니즘과 소설비평』 현대편, 한길사, 1997, 311쪽.

120 김주연, 「한국현대여류작가론」, 『현대문학』, 1968.1, 353쪽.

121 김우종, 「불행한 세대의 모랄」, 『한국문학전집』 30, 삼성당, 1883, 571쪽.

122 1950,60년대의 유행했던 신여성 상으로 '아프레 걸'은 과거의 전통과 관습을 무시하고 자신의 주체적인 삶을 살고자 하는 의지를 보여주는 여성을 지칭하는 말이다. 그러나 「산화의 단애」나 「별빛 속의 계절」의 여주인공들은 엄격한 의미에서 주체적인 삶을 살려는 의지를 보여주는 인물들은 아니다. 극도의 경제적 궁핍은 그녀들에게 하루하루를 견뎌내야 한다는 생각 외에는 더 이상의 다른 윤리나 인간적인 품위를 생각할 수 없게 한다. 그녀들은 매 순간 재워 줄 공간과 배를 채워 줄 식사 외에는 관심이 없다. 이런 순간적인 감정에 표류하며 존재적 의미를 찾지 못하는 여성상은 시대적 혼란 속에서 미래에 대한 비전을 찾을 수 없기 때문으로 추정할 수 있다. 순간적인 포착을 중시하는 단편소설의 특징 때문에 그런 상황 설정은 드러나지 않는다. 『하얀도정』을 연재하기 시작한 1960년 4월에는 이미 한말숙은 그 당시 재벌 수준의 태흥산업이라는 유명한 실업계의 3대 독자였던 황병기와 연애 중이었다. 한말숙은 첫눈에 윤택한 집 자제 같이 겸손하고 외양이 단정했다고 한다. 두 사람은 8년 동안 매일 거문고, 가야금, 단소 강습을 같이 받으러 다니며 결국 1962년 5월 27일 다섯 살이나 연하인 황병기와 결혼하게 된다. 한말숙은 1960년 4월부터 『현대문학』지에

『하얀도정』연재를 시작하면서 동시에 서울 음악대학에 가야금 실기와 교양 국어를 가르치는 강사가 된다.

123 김미현, 「생존의 현실과 의식구조」, 『한국여성소설과 페미니즘』, 신구문화사, 1996, 347쪽.

124 타자지향적이라는 말은 레비나스에 의하면 '주체'를 떠나서 자기를 희생시키고 전적으로 타자에게 향하는 형이상학적 욕망이다.

125 윤대선, 앞의 책, 59쪽.

126 한말숙, 『하얀도정』, 휘문출판사, 1964, 21쪽.

127 위의 책, 95쪽.

128 윤대선, 앞의 책, 102쪽.

129 임옥희, 『젠더의 조롱과 우울의 철학』, 여이연, 2006, 74쪽.

130 한말숙, 『하얀도정』, 178쪽.

131 위의 책, 179~180쪽.

132 위의 책, 199쪽.

133 위의 책, 171쪽.

134 위의 책, 182쪽.

135 위의 책, 131쪽.

136 위의 책, 169쪽.

137 위의 책, 116쪽.

138 위의 책, 204쪽.

139 위의 책, 209쪽.

140 라캉은 연인들이 바라봄과 보여줌을 통해서 시선과 응시의 교차가 일어나고 새로운 이미지, 혁명적인 시선을 갖게 된다고 한다. 라캉, "Seminar on The Purloined", *Lacan, Derrida, and Psychoanalytic Reading*, The Johns Hopkins Univ, 1988, p.30.

141 한말숙, 『하얀도정』, 315쪽.

142 어머니의 想이자 아버지의 想인 이마고(imago)는 맨 처음 아이가 품었던 자신의 얼굴이다. 권택영, 『감각의 제국』, 민음사, 2001, 180쪽.

143 삶은 신기루이다. 그리고 나비의 꿈이 아닌 사람의 꿈을 프로이트는 '바로 그것 the thing'이라 했고 라카은 '오브제 프티 아 objet petit a'라고 했다. 위의 책, 102쪽.

144 위의 책, 145쪽.

145 한말숙, 『하얀도정』, 318쪽.

146 라캉에 의하면 상징계 속에 억압된 상상계가 있어 욕망의 동인인 대상 a 혹은 '오브제 아'가 나타나고 그것을 포착하는 순간 미끄러진다. 그리고 그 순간 다시 저만큼 물러나 손짓한다. 탯줄이 아닌데 탯줄처럼 보이게 만드는 힘이 삶 충동이고 그런 환

타지가 투사된 대상이 '오브제 아'이다. 라캉, 앞의 책 재인용, 38쪽.

147 한말숙, 『하얀도정』, 145쪽.

148 위의 책, 152쪽.

149 위의 책, 230쪽.

150 위의 책, 309쪽.

151 김우종은 앞의 글에서 『하얀도정』의 영환의 죽음을 통해 드러내는 작품의 마지막 부분을 헤밍웨이가 보여 준 허무의식과 연결시키고 있다. 김우종, 앞의 책, 572~573쪽.

152 한말숙은 2009년 6월 15일 다른 대화 중 『모색 시대』와 관련하여 이 작품은 작가의 가족 체험을 소설화한 것으로 진술한 바 있다.

153 한말숙, 『모색 시대』, 인문당, 1986, 49쪽.

154 2004년 5월 13일 한 위클리 뉴스에서 번역가인 Ziegelmeyer은 다음과 같이 말하고 있다. 한말숙의 『아름다운 靈歌』는 한국 본토에서는 다른 작가들에 비해 비교적 덜 알려져 있지만 현재 영, 독, 불, 폴란드, 체코, 중국, 이태리어 등 7개 국어로 출판 되이 있고, 스웨덴, 스페인, 일본어는 번역이 완료되어 현지에서 출판사와 출판 교섭 중이다. 이렇게 다양한 언어권으로 번역되고 그것이 많은 사람에게 읽혀지는 것이 한국문학이 세계화하는데 가장 필요한 일이다.

155 김형자 외, 『한국여성소설연구』, 민지사, 1991.

156 한말숙, 「작가의 말」, 『아름다운 靈歌』, 인문당, 1993.

157 윤대선, 앞의 책, 73쪽.

158 권택영, 「전이」, 『감각의 제국』, 민음사, 2001, 85쪽.

159 켄 윌버, 「그것의 절반」, 『무경계』, 무우수, 2005, 56쪽.

160 윤대선, 앞의 책, 222쪽.

161 이덕화, 대담 「세계 속에 한국문학심기」, 『월간문학』, 2003.11.

162 한말숙, 『아름다운 靈歌』, 312쪽.

163 위의 책, 314쪽.

164 위의 책, 352쪽.

165 윤대선, 앞의 책, 231쪽.

166 한말숙, 『아름다운 靈歌』, 265~266쪽.

167 미네시마 히데오(峰島旭雄), 김승철 역, 『서양 철학과 불교』, 황금두뇌, 2000, 98쪽.

168 모로하시 데츠지, 『공자 노자 석가』, 동아시아, 2001, 134쪽.

169 이덕화, 「경계 허물기」, 『생오지 가는 길』, 책만드는세상, 2009.

170 박이문, 『노장 사상』, 문학과지성사, 2004, 83쪽.

171 한말숙, 『아름다운 靈歌』, 329~330쪽.

172 강신주, 앞의 책, 89쪽.

173 진정한 소통은 무매개적 소통은 주체가 일종의 자기 해체를 통해 타자로 향하는 자기 조정의 고장이라는 점에서 주체의 자기 생성의 과정이라고 할 수 있다. 위의 책, 93쪽.

174 김우종, 앞의 책, 572쪽.

175 강신주, 앞의 책, 89쪽.

참고문헌

단편

「별빛 속의 계절」, 『현대문학』, 1956.12.
「신화의 단애」, 『현대문학』, 1957.6.
「어떤 죽음」, 『현대문학』, 1957.11.
「노파와 고양이」, 『현대문학』, 1958.8.
「장마」, 『사상계』, 1959.9.
「Q 호텔」, 『현대문학』, 1959.11.
「순자네」, 『현대문학』, 1962.11.
「흔적」, 『세대』, 1963.11.
「광대 김선생」, 『신작15인집』, 1963.
「어느 여인의 하루」, 『현대문학』, 1966.3.
「아기 오던 날」, 『현대문학』, 1967.5.
「신과의 약속」, 『월간중앙』, 1968.8.
「어느 소설가의 이야기」, 『문학사상』, 1982.6.
「수술대 앞에서」, 『문학사상』, 1985.3.
「덜레스 공항을 떠나며」, 『문학사상』, 2002.4.
「이준씨의 경우」, 『현대문학』, 2005.9.

장편

『하얀도정』, 휘문출판사, 1964.
『모색 시대』, 인문당, 1986.
『아름다운 靈歌』, 인문당, 1993.

논문 및 연구서

강신주, 『장자, 타자와의 소통과 주체의 변형』, 태학사, 2003.

구인환, 「한국 현대여류작가의 기법-기법의 연구」, 『아시아여성연구』 제9집, 숙명여대 아시아여성연구소, 1970.

권명아, 『가족 이야기는 어떻게 만들어지는가』, 책세상, 2000.

권택영, 『라캉·장자·태극기』, 민음사, 2003.

김미현, 「여성적 글쓰기와 '사이'의 시학」, 『한국여성소설과 페미니즘』, 신구문화사, 1996.

김병익, 『한국문단사』, 일지사, 1980.

김우종, 「불행한 세대의 모랄」, 『한국문학전집』 30, 삼성당, 1983.

김윤식, 『한국문학사』, 민음사, 1974.

김주연, 「한국현대여류작가론」, 『현대문학』 14권 1호, 1968.

김혜리, 「타락한 현실 속에서의 반항과 타협」, 『페미니즘과 소설비평』 근대편, 한길사, 1997.

김형자 외, 『한국여성소설연구』, 민지사, 1991.

나병철·조정래, 「시점과 서술」, 『소설이란 무엇인가』, 평민사, 1992.

모로하시 데츠지, 심우성 역, 『공자 노자 석가』, 동아시아, 2001.

박이문, 『노장 사상』, 문학과지성사, 2004.

서동욱, 『차이와 타자』, 문학과지성사, 2008.

서지영, 「카페, 근대 유흥 공간과 문학」, 『한국 여성문학 연구』 통권 14호, 2005.

스티븐 모튼, 이운경 역, 『스피박 넘기』, 엘피, 2005.

양 인, 「플롯의 역사성과 현대 소설의 플롯」, 『현대소설 플롯의 시학』, 태학사, 1999.

임옥희, 『젠더의 조롱과 우울의 철학』, 여이연, 2006.

염무웅, 「상황과 문체의 배반」, 『현대한국문학전집』, 신구문화사, 1981.

윤대선, 『레비나스와 타자철학』, 문예출판사, 2004.

이덕화, 『여성문학에 나타난 근대 체험과 타자의식』, 예림기획, 2005.

이덕화, 「경계 허물기」, 『생오지 가는 길』, 책 만드는 세상, 2009.

이 환, 『문학예술』, 문학예술사, 1956.

정일준, 「미국의 냉전 문화와 한국인 친구 만들기」, 『우리 학문 속의 미국』, 한울, 2003.

장세진, 「상상된 아메리카와 1950년대 한국문학의 자기 표상」, 연세대 박사논문, 2007.

최원식, 「민족문학과 반미문학」, 『창작과비평』, 1988년 겨울호.

파농, 이석호 역, 『검은 피부 하양 가면』, 인간사랑, 1998.

한용환, 『소설학 사전』, 고려원, 1992.

한점돌 외, 『한국전후 문학연구』, 삼화원, 1995.

峰島旭雄, 김승철 역, 『서양 철학과 불교』, 황금두뇌, 2000.

작품 목록

소설

「별빛 속의 계절」, 『현대문학』, 1956.12.

「신화의 단애」, 『현대문학』, 1957.6.

「어떤 죽음」, 『현대문학』, 1957.11.

「거문고」

「노파와 고양이」, 『현대문학』, 1958.6.

「세탁소와 여주인」, 『주부생활』, 1958.8.

「낙루부근」, 『사상계』, 1958.8.

「잃어버린 노래」, 『시조문학』, 1958.9.

「귀뚜라미 우는 무렵」, 『소설계』, 1958.10.

「그대로의 잠을」, 『사상계』, 1958.12

「낙조전」, 『현대문학』, 1958.12.

「맞선 보는 날」, 『소설계』, 1959.2.

「파충류의 환무」, 『현대문학』, 1959.7.

「장마」, 『사상계』, 1959.9.

「자연(紫煙) 흐리는 속에」, 『소설계』, 1959.10.

「Q호텔」, 『현대문학』, 1959.11.

「검은 장미」, 『여원』, 1959.11.

「하얀 도정」, 『현대문학』, 1960.4~61.6.

「방관자」, 『현대문학』, 1961.12.

「행복」, 『현대문학』, 1962.8.

「순자네」, 『현대문학』, 1962.11.

「결혼 전야」, 『여상』, 1962.12.

「출발의 주변」,『한양』, 1963.11.

「흔적」,『세대』, 1963.11.

「광대 김선생」,『신작 15인집』, 1963.

「이 하늘 밑」,『사상계』, 1964.7.

「피선자(被選者)」,『현대문학』, 1965.1.

「한 잔의 커피」,『현대문학』, 1965.11.

「어느 여인의 하루」,『현대문학』, 1966.3.

「상처」,『현대문학』, 1966.9.

「초설」,『문학』, 1966.10.

「아기 오던 날」,『현대문학』, 1967.5.

「우울한 청춘」,『신동아』, 1967.8.

「신과의 약속」,『월간중앙』, 1968.8.

「사랑에 지친 때」,『월간중앙』, 1969.12.

「방황의 계절」,『주간경향』, 1970.70~71.4.

「다정의 시말」,『월간중앙』, 1972.7.

「잃어버린 머플러」,『문학사상』, 1974.8.

「여수(旅愁)」,『문학사상』, 1977.4.

「무너진 성벽」,『한국문학』, 1977.6.

「선의 행방」,『한국문학』, 1978.2.

「수상식 後」,『여성중앙』, 1978.

「아들의 졸업식」,『한국문학』, 1979.11.

「세계의 사람」,『현대문학』, 1979.12.

「아름다운 靈歌」,『한국문학』, 1980.1~81.1.

「안개」,『문학사상』, 1980.2.

「어느 소설가의 이야기」,『문학사상』, 1982.6.

「초콜렛 친구」,『문학사상』, 1983.8.

「말 없는 남자」,『한국문학』, 1983.12.

「스포츠 관전기」,『문학사상』, 1984.6.

「수술대 앞에서」,『문학사상』, 1985.3.

「모색시대」, 『소설문학』, 1985.5.
「덜레스 공항을 떠나며」, 『문학사상』, 2002.4.
「이준씨의 경우」, 『현대문학』, 2005.9.

소설집
『신화의 단애』, 사상계사, 1960.
『하얀 도정』, 휘문출판사, 1964.
『이 하늘 밑』, 휘문출판사, 1965.
『신과의 약속』, 휘문출판사, 1968.
『잃어버린 머플러』, 서음출판사, 1977.
『여수』, 태창출판사, 1978.
『아름다운 靈歌』, 한국문학사, 1981.
『모색 시대』, 인문당, 1986.
『아름다운 靈歌』, 인문당, 1993.
『행복』, 풀빛, 1999.
『아름다운 영혼의 노래』(상·하), 솔과학, 2000.
『덜레스 공항을 떠나며』, 창비, 2008.

평론
「일본문학을 저격한다」, 『세대』, 1964.2.

수필집
『삶의 진실을 찾아서』, 샘터사, 1988.
『세월의 향기』(공동수필집), 솔과학, 2006.
『사랑할 때와 헤어질 때』, 솔과학, 2009.